縄文の子
作・関口みどり
絵・谷菜子

縄文の子

もくじ

1　火の子

広場で土の器を焼く焚き火が、横風を受けてごぉと勢いを増した。

九つになったばかりのアオネは、炎の中で輝く器に見入っている。器はおとなの頭ほどもあり、表面の渦巻き模様がくっきりと浮かび上がっている。アオネの父親が作った、海の神さまに捧げる特別の器だ。

「ようし、いい具合だ。このまま日暮れまで燃やし続けろ。煙にのせて祈りを天にとどけるんだ。アオネ、あとはおまえに任せた」

「うん、心配しないで。トトは小屋で休んでなよ」

トトと呼ばれた父親は、痛みに顔をゆがめて、足を引きずりながら小屋へ戻っていった。

アオネは額に巻いた麻ひもを結び直して、炎に目を戻す。

（器を焼くのはお手のものさ。いつか、おれも自分でこんな大きな器を作るんだ）

トトは器を焼くときはきまって、「祈りを天にとどける」と言うが、アオネはただ思うように火を操ることだけに夢中だった。

「兄ちゃん、そんなに火のそばにいて熱くないの？」

五つになる弟のカイが、頬を火照らせてアオネを見上げた。

「熱いもんか。おれは火の子なんだから」

幼い頃からアオネは火起こしが好きで、うまくできるように、道具をいろいろ工夫した。窪みをつけた長めの材を足で踏みつけておいて、とがらせたクルミの小枝を両てのひらで挟んでキリキリともむ。こすれて煙が上がってきたところに息を吹きかけて、干し草を押し当てて火を起こすのだ。

焚き火をするときに、アオネは誰よりも素早く火を起こし、煮るもの、焼くものの量に見あった薪をくべ、笹竹の筒で息を吹き込んで、炎を勢いづかせることができる。火の番はアオネに任せろ、とムラ人らから頼りにされて、いつしか「火の子」と呼ばれるようになっていた。

「もうじき、とびきりの器が焼きあがるぞ。こんなすごいのが作れるのはトトだけさ」

アオネはカイに言って聞かせる。

「見てみろよ。炎ってまじない師の手みたいだろ。ああやってまじないをかけられて、土が器に変わるんだ。炎が土を生まれ変わらせるのさ」

「すごいね。なんか、怖いみたいだね」

カイは首をすくめて、アオネの手を痛いくらい強く握ってきた。

カイの額にかかるくせ毛と、黒く長いまつげを見ていると、アオネは弟を産んだあとすぐに死んだ母親のカカを思い出す。

アオネがまだ小さかった頃、トトはイノシシ狩りの最中に、崖から落ちて足を怪我した。それがもとで、片足を引きずって歩くようになってしまった。狩りも漁もできなくなった悔しさを、座ってできる器づくりにぶつけた。器づくりは女たちの仕事だが、女たちが作るどれよりも、トトが作る器はゆがみがなく、力強かった。

カカは、トトのために川から水を汲んで来て、土にまぜて足でこねた。二人が土の器を作りはじめると、土を分けてもらって、そばで小さな器を作る。アオネはそうしているのが好きだった。

今はもう、カカに会うことはできないけれど……。

浜辺から、ムラオサ（村長）と幾人かの男たちが、がやがやと広場に上ってきた。木陰で布を編んでいた女たちが手を止める。

「いい舟が仕上がったぞ」

広場にいた者たちに向かってムラオサが声を張り上げた。

「こんどの舟はとびきりじゃ」

誰かが言うと、

「おう」

というどよめきが起こった。

ムラオサらは浜辺で、山から切り出してきた丸太をくりぬいて、丸木舟に仕上げていたのだ。実りの季節に行われるマツリの支度もそろそろ大詰めだ。

海の果てに神さまの住まうところがあるという。すべての命はそこから生まれ出で、死んだ者はそこへ還っていく。土の器に盛った山海の実り、ヤマブドウで作った酒、真新しい布。それらを丸木舟に積んでいって沖で沈めて、海の神さまをお祭りする。貝や魚の恵みをもたらしてくれる海に捧げものをして、変わらぬ恵みと平穏を祈るのだ。

「また、トトは小屋で休んでいるのか」

ムラオサがとがめるように眉をひそめて焚き火に近づいた。ムラオサの太い両眉が、眉間でつながって一つに見えることから、「ひとつ眉のオサ」と呼ばれるほどで、ひそめると眉毛がいっそうきわだった。

若い頃の怪我のせいで、トトは長く立っていると足が痛くなる。それを、まるでなまけているような言い方だ。

「おれがトトに、あとは一人でやらせてって頼んだのさ」

アオネはとっさに父親をかばった。

「ほう、アオネは父親想いだな」

ひとつ眉のオサは皮肉っぽく言ってから、その場にしゃがみ込んだ。

「どうだ、もう焼き上がるか？」

「この薪が燃え切ったら、ちょうどいい具合に焼き上がるさ」

「さすが、火の子。たいした自信だ。だが、灰の中から取り出すのはわしがする。おまえは器に触ってはならんぞ」

と、濃い眉を吊り上げた。

マツリのための器が穢れるから触ってはいけないという。

なぜ触っちゃいけないのさ。焼き上がった器を取り出すときほど、わくわくするものはないのに……。触ったら穢れるというなら、ひとつ眉が触ったって穢れるはずだ。おとなは勝手だ。大きくなったら、ひとつ眉に代わって、子どもの気持ちを大切にするオサになってやる、と奥歯をかみしめた。

アオネの亡くなった母親はひとつ眉のオサのたった一人の妹だった。オサには三人の子があったが、その中で育ったのはハナという名の、アオネより二つ年下の娘だけだ。アオネは、いつかこの従妹と夫婦になって、村長になるのを夢見ている。


マツリの前の晩は、ひとつ眉の小屋におとなたちが集まって、ヤマブドウの酒を飲み、山で射止めたイノシシの肉を食べるのが習わしだ。

「今夜はマツリの前祝いだ。遅くなるから、二人は先に寝てろ」

陽が落ちると、トトはアオネとカイに言いおいて、ひとつ眉の小屋へ行ってしまった。

ときおり、オサの小屋から笑い声が聞こえてくる。寝床で横になっていても、触らせてもらえなかった器のことが、アオネの頭から離れなかった。

「二つとも、ひびも入らず、うまく焼けた」

ひとつ眉は灰の中から器を取り出しながら、まるで自分の手柄のように言った。そのあとで、ムラ人らが整えた供物を入れて、浜辺につないだ丸木舟にのせたのだった。

この夜が明ける頃、ひとつ眉のオサと隣ムラから来たまじない師が丸木舟で海に出ることになっている。沖にあるトガリ岩のあたりで、器ごと供物を海に捧げる。戻ってきたオサとまじない師を、ムラ人らが迎えて、みなでにぎやかに歌って踊ることになるだろう。

いったん海の底に沈められたら、あの器を二度と見ることも、触ることもできない。そんなのいやだ、とアオネは思う。

おとならがオサの小屋に集まっている今なら、誰にも気づかれずに丸木舟にのせられた土の器をじっくり手に取って見ることができる。思い立つと、じっとしていられなくなって、アオネは寝床をそっと抜け出した。

今夜は月のない晩だ。器をよく見るには灯がいる。アオネは炉から熾火を一つ拾って小さな壺に入れた。イノシシの毛皮をはおって、小屋から出ようとしたとき、後ろから弟の声がした。

「兄ちゃん、どこ行くの？」

「……浜だ」

カイも眠れないのだろう。

「浜に忘れ物をとりに行く。すぐ戻るよ」

カイはアオネがついた嘘を疑うようすもなく目をつぶった。

浜へ下りる道は歩き慣れている。月がなくても足元は確かだ。浜へ近づくにつれて、波の音が大きくなってきた。

思っていたとおり、浜辺は崖の影になって星明かりさえ届かなかった。草むらへ戻って、立ち枯れた草を引きちぎった。それを丸めて壷の中の熾火にのせ、息を吹きかけて火をおこした。とたんに周りが明るくなって、波打ち際につながれている丸木舟が闇の中に浮かび上がる。

アオネは舟に駆け寄って、舟底の二つの器を確かめた。一方の深鉢にはヤマブドウの酒、もう片方の口の広がった浅い器には木の実と干し魚が山盛りになって、さらした布が掛けてある。

(さあ、どうやって乗り込もう)

舟を岸辺の立ち木にくくりつけてあるとも綱を引っ張った。力いっぱいたぐり寄せておいて、片手に灯を持ち、もう一方で舟の端をつかんで、膝まで水につかりながらとび乗った。たるんだとも綱を丸めて舟底へ投げた。

灯の壷を舟底に置いて器のそばに座り込み、真新しい木の香りを胸一杯に吸い込んだ。

（いい気分だ……）

自分がムラの長になって、マツリをとり仕切るさまを心の中に描いた。

（舟のこぎ手はカイ、神さまへ捧げ物をするのはハナがいい。そうだ、ハナとカイと二人でマツリをしよう。おとなの誰にもじゃまされずに……）

たちまち、心の中で作り上げた若いムラオサになりきった。

「カイよ、トガリ岩まで舟を進めてくれ」

――ああ、まかしとけ。

そう言って、カイは櫂を手に握って、張り切って舟をこぎ出すだろう。

アオネは木の実や干し魚が盛られた器を近くに引き寄せて、ハナに言う。

「ハナよ、美しい器がよく見えるように、灯をもっと高くかかげてくれるか？」

――若オサさま、これでよろしいですか？

ハナはつま先立って灯を高く持ち上げるだろう。

「よい、よい、それでよい」

アオネは灯をかかげて、器に近づけたり、下から照らしたりして、じっくり器を眺めて、灯の壷を舟底へ置いた。

「どうだ、この技、みごとだと思わぬか？」

　アオネは口の広がった器の渦巻き模様を指でなぞりながら、ハナとカイに話しかける。供物が盛られた器をぐるっと回して横へ置き、もう片方の深鉢を両手で目の高さまでぐいっと持ち上げた。中でちゃぽちゃぽとヤマブドウの酒が揺れて、つんと酸っぱいにおいがした。

「これはトトが魂を注ぎ込んでこしらえた、この世に二つとない良き器。うずまく波の模様は海の神さまにふさわしい。……ん？　焼き上げたのは誰かって？　よくぞ訊いてくれた。焼き上げたのは、ほかでもない、火の子と呼ばれている、このわしじゃよ」

　灯がぼんぼんと勢いをまして、あたりがいっそう明るくなってきた。

「ん？　なぜ、わしが火の子なのか、だと？　……うむ、火の炎はなぁ、お天道さまがわれらに与えてくださった大いなる力じゃ。それを思うように操ることのできるわしは、お天道さまの大のお気に入りというわけじゃや。ははは」

　そのとき、ぴゅん、と頬に火の粉が当たって我に返った。

　灯がやけに明るい。舟がひどく揺れだした。

　舟のうしろの方で供物の布が勢いよく燃えている。灯の火が燃え広がったのか。

とっさに、持っていた深鉢にかぶせてある布をはぎ取って、中のものをぶちまけた。すると、炎がボッと高く上がった。

「なんで？　なんで、消えないんだよ」

神さまに捧げる酒というものが、火を燃え上がらせるとは思ってもみなかった。

「とにかく、水だ！」

空になった深鉢で海水をすくおうと手を伸ばしたとき、深鉢が舟の縁にあたってゴツンと鈍い音がした。かまわず、それで海水をすくって肩まで持ち上げた。そのとたんに、深鉢が砕け散って波にさらわれた。

「どうすりゃいいんだ……」

供物の入ったもう一つの器のところまで這っていって、逆さにして中身を出した。海水を汲んで、炎に立ち向かう。そのとき炎の向こうに、いつか見たざんばら髪のまじない師の姿が揺れたような気がした。

「あぁ、お願い！　お願いだから消えてくれ」

器で海水をすくっては掛け、すくっては掛け、掛け続けて、ようやく火が消えた。

腕の中の器に目を落とすと、縁がざっくり欠けていた。

「あぁ、トトの器をだめにしちゃった……」

器だけでなく、焦げた木の実や干し魚、焼き切れたとも綱が舟底に散らばっている。岸辺の木と舟をつないでいたとも綱だ。ぞっとして岸を振り返ると、舟はとうに岸を離れて沖へ流されている。

真っ暗な海に飛びこんで泳いで岸へ戻ろうか？　いや、そんなことをしたら大事なこの舟はどうなる？

アオネは激しく揺れる舟のへりにしがみついた。

「そうだ、トガリ岩だ！」

思いついたのは、どんな大波にも沈むことのない、岸から正面の沖に見えるとがった大岩だった。自分がいなくなったことに気づいて、誰かが助けに来てくれるまで、トガリ岩にしがみついて、舟が沖へ流されないようにしていればいい。

星明かりの中で、アオネはトガリ岩を探した。暗い波の中にトガリ岩を探しつづけたが、見つからない。

トガリ岩よりもっと沖へ出てしまったのか……。

「トトー、早く助けに来てぇ」

アオネは声をからして、空へ向かって叫んだ。

まんじりともしないまま、夜が明けた。流されていく先の空と海の間が明るみはじめ、空の色を映した波頭が揺れている。海原のまっただ中だ。

ほんとうなら、マツリの舟を出す頃だ。ムラでは、おとなたちが舟のないことに気づいて、大騒ぎになっているだろう。ひどく叱られるにきまってる。でも、今戻れたら、マツリは少し遅れるだけだ。トトがこしらえた土の器はどれも立派だから、壊れた器の代わりになるものを探せば見つかる。舟を磨き直して、供物をのせれば、すぐにマツリをやり直せるだろう。だから、どうか、助けに来て、とアオネは祈り続けた。

陽が高くなるにつれて、からだが温まってきた。いつの間にか、まどろんでいたようだ。

目覚めたときには、早くもお天道さまは傾きかけていた。

喉がカラカラで、お腹もすいてきた。つい、神様への捧げ物に手が伸びた。

「いつか自分でこしらえた器に供物を盛ってお返しします。どうか、許してください……」

アオネは干し魚を少しだけしゃぶった。

このままどこへ流されていくんだろう。こんなことになるなんて、器に触るなと言われたのに触ったせいだろうか？　他にも天に嫌われるようなことが……。そこまで考えて、弟のカイのことで思い当ってどきっとした。

　カカは弟を産んだあとの肥立ちが悪くて亡くなった。弟が生まれて来なければカカは今も生きていた。弟が悪いんじゃないとわかっているけれど、カカによく似た巻き毛のカイを見ていると苦しくなって、弟なんて生まれてこなければよかったんだ、と、つい邪険にしてしまうときがある。

　あれは、トトの器づくりの手伝いをしたあとで、「好きに使っていいぞ」と言われて、残りの土の塊をもらったときだ。

「兄ちゃん、おれにも土を分けておくれよ」

　と、カイがねだった。

　アオネはできるだけ大きな器を作りたくて、弟に土を分けてやるのが惜しかった。

「だめだ、これはおれがトトの手伝いをしたほうびだから、おまえにはやれない。ここにいたらじゃまだ。くっつき虫みたいにおれにつきまわるのはよせ」

　アオネが言うと、カイは下唇をかんでどこかへ行ってしまった。

　アオネは思うぞんぶんに自分の器を作りおえて、木陰のムシロの上で乾かしていたが、次の朝、見に行ってみると、器の表面に小さな指跡がいくつもついていて、真ん中にドングリがねじ込んであった。土を分けてもらえなかった腹いせに、カイが嫌がらせにやったに違いなかった。アオネは草むらでバッタを追いかけているカイのところへとんでいって、その膝まであるかぶりの服のえりをつかんだ。

「おい、よくも、おれの器をめちゃくちゃにしたなっ！」

「兄ちゃん、あのドングリはかざりだよ。めちゃくちゃにしたんじゃないよ」

カイの悲しげな目が潤んでいる。

「焼けば、ドングリは燃えて器に穴ができるのも知らないのか。ふん、なにが、飾りだよ」

アオネは捕まえていた手をゆるめたが、カイは

「知らなかった、ごめんよ」

と、言うなり、しくしく泣き出した。泣き顔を見ていて弟がかわいそうになる。

弟はトトを手伝う兄がうらやましくて、相手にしてほしいだけなのだ。

「泣くなよ。こんど、器を焼くときには、薪を運ぶのを手伝わせてやるからさ」

「ほんと！　手伝わせてくれるんだね」

カイは涙で汚れた顔をぱっとほころばせたのだった。

「このままじゃ、いやだ。ぜったいに生き延びて、何としてもムラへ戻らなくちゃ」

弟に会いたいという強い思いがお腹の底から湧き上がってきた。

そのとき、空がかき曇って、ぽつぽつと雨粒が落ちてきた。

アオネは舟底に散らばった木の実や干し魚を一箇所に集めてみた。命をつなぐ大事な食べ物だから、ひもじくても、少しずつ食べよう、と自分に言い聞かせた。そして、雨水を受けられるように空の器を舟のまんなかに置いた。いつか、ムラのおとなが舟で海へ出てなかなか戻れなかったとき、雨水を飲んで生き延びた、と言っていたのを思い出したからだ。

アオネは毛皮を頭から被って、ひたすら雨と風に耐えてやり過ごした。

あれから幾日たっただろう。月のない晩に舟に乗り込んだ。それから、月はだんだん厚みを増して、まん丸になって、こんどはしだいに細くなってきた。

トトが助けに来てくれる望みは消えた。でも、きっとどこかの島にたどり着ける。生きてさえいれば、いつか、トトやカイのいるムラへ戻れる、と自分を奮い立たせてきたが、とうとう食べ物が底をついてしまった。体は熱っぽく、頭はぼおっとしている。

目に映るお天道さまがにじんで、海に沈んでいった。

仰向けになって夜空を見上げた。そうしていると、星が海へ落ちていくことがある。

「天の星が海の底へ還ったんだ。カカもそこにいるのかな……」

静かに星が積み重なっていく海の底を思い浮かべると、自分の体が深い海へ引き込まれていきそうな気がした。

アオネは夜が明けても、体を横たえたまま、空に残る細く尖った月をぼんやりと見あげていた。

グアァー、グアァー、白い海鳥が空を横切っていった。

また一羽、また一羽。グアァー、アアァー。

首を起こして海鳥の行く先を目で追った。遠くに木の茂みのような影が見えた。

アオネは起き上がって目をこらす。

「陸か？　小島か……、なんでもいい、とにかく、行き着ければ……」

体の中の血がぐるぐると巡りだした。

舟はその島影の方へだんだん近づいているようだ。もっとはっきり見えたら海へ飛びこんで、舟を浮きがわりにして泳いでいこうと心を決めた。

島影の木の形がはっきりわかるまでに近づいた。小さな入り江に砂浜が見える。

アオネは海へ飛びこんだ。冷たくて、息が止まりそうだ。船の縁に手をかけて、足で懸命に水を蹴った。手足が重い。それでも、力を振り絞って進んだ。ついに、足が立った。海面から首が出て、胸が出て、膝まで出たところで気を失ってしまった。

2　流れ着いたムラ

アオネはまぶたに微かな明るさをかんじた。ぬくぬくした寝床は揺れてもいないし、波の音も聞こえない。確かに陸の上だ。小屋の中だろうか。人の気配がするが、住み慣れた小屋とは匂いがちがう。

横になったまま目を開くと、太い柱に支えられた木組みの天井があった。土間に、土の瓶と束ねた草の蔓が置かれ、出入り口の向こうに、まっ青な空が広がっていた。

（助かったんだ……。おれは助かったんだ。それとも……）

「あっ、目を覚ました！」

女の子の声がしたと思うと、黒々とした大きな目がアオネの顔をのぞき込んだ。

「あんた、どこから来たの？」

「うっ……」

アオネは答えようとするが、喉がつかえて声が出ない。

「水を、お飲み」

女の子とよく似た大きな目の女が、アオネの背中を抱き起こして、水の入った木の椀を差し出してくれた。長い巻き毛を肩のところで結んだ横顔が、カカに似ている。

冷たい水がかわいた喉から体に染みわたっていく。

「お腹もすいてるだろう？　今、汁を温めてやるよ。……あたしのことば、わかるかい？」

アオネは女にうなずき返した。

「よかった。前に流れ着いた人とは、ことばが通じなかったから」

「わかるよ、ことば、は。でも、わからない。ここは、どこ？　海の果てのくに？」

かすれた声でアオネが訊くと、女と少女はふしぎそうに顔を見合わせた。

「海の果てのくに、って、神さまがおいでになるところのことかい？」

「うん」

「そうか、おぼれて死んだと思ったんだね。いや、ちゃんと生きてるよ。この子が入り江で倒れていたのを見つけて助けたのさ。ここは上坂ってムラだよ。あたしはマヤ、この子は娘のフサ」

　マヤはさっきの女の子を指さした。

（この子が助けてくれたのか……）

　死にものぐるいで入り江まではってきた。そのあとのことは覚えてなかったが、これで記憶とつながった。

「おまえは、二晩、眠り続けたんだよ。その間、フサはつきっきりでおまえの顔をのぞきこんだり手をさすったりしてたのさ」

「目を覚まさないんじゃないかって、心配だったんだもの」

　フサが照れたように笑うと、頬にえくぼができた。

「ほんとに、目を覚ましてくれてよかったよ。さあ、お飲み」

　アオネはマヤがついでくれた熱い汁の中の海草を噛みしめた。

「で、おまえの名は？」

　と、マヤが訊いた。

「おれ、アオネ」

「ア、オ、ネ、……いい名だね」

聞くと、フサはアオネより一つ年上の十で、年の離れた兄さんがいるという。父さんはフサがまだ小さいときに亡くなったらしい。

「外へ出てみたい」

汁を飲み干すと、アオネは寝床から小屋の出入り口の方へ這いだして、柱をつかんで立ち上がった。

「歩けるかい？」

アオネはマヤが差し出してくれた腕につかまって、踏み板を踏んで小屋の外へ出た。

広場を取り囲んで同じような小屋が三つ、四つ。原っぱの向こうに葉を落とした木々の森。遠くに山並みが見えた。

生きてどこかの岸へたどり着かせて、という願いが天に届いたのだ。アオネは大きく息を吸って地面に足を踏みだした。

夕暮れ近くなって、マヤは小屋の真ん中にある炉に薪をくべた。

「冷えてきたね」

そう言いながら、隅から草の蔓を取り出してきて、炉の明かりを頼りに籠を編みはじめた。フサはその隣で、蔓のねじれをなおしている。

ここがトトやカイと暮らしていた故郷の小屋より狭く感じるのは、屋根が低いせいだろうか。火を囲んで向き合うと、マヤは目や鼻が大づくりで、亡くなった母とは少しも似ていなかった。

舟で海を漂っていたときには、どこでもいい、岸にたどり着きさえすれば、と天にすがった。けれど、こうして、助かってみると、「たどり着きたかったのはここじゃない」と思ってしまう。故郷にいたとき、隣ムラのチャルと二人で遠出して、一晩、岩穴で過ごしたことがあったが、そのときのわくわくする気持ちとは似ても似つかない。夜が明けたら、また自分のムラへ戻れるとわかっていたあの晩とはまったく違って、ひどく心許なかった。

とつぜん、潮のにおいがして、灯の炎が大きくゆらいだと思ったら、背の高い若い男が腰をかがめて小屋へ入ってきた。

「でかいのが捕れたぞ。夕餉は魚だ」

男は葉でくるんだ大きな魚を高くかかげて、マヤに手渡した。

「お帰り、兄さん。ほら、アオネが目を覚ましたよ！」

フサが声を弾ませる。

「おぉ、アオネ、というのか！」

男は日に焼けた顔をほころばせた。どうやら、年の離れた兄さんというのは、この人のことらしい。

「おまえを、ここまで担いで来たのは、このモリヤだ。あまりにも軽いんで驚いたがね。やせていても芯は強いんだな。あぁ、まったく、めでたいよ。さぁ、魚を焼いて祝いだ」


アオネが流れ着いたのは、海に突き出た岬にある入り江だった。ここは、その入り江からすこし川をさかのぼった丘の上で、二十人ほどが暮らしているムラだ。フサたち家族に受け入れられたアオネは、そのまま小屋でいっしょに寝起きさせてもらうことになった。

アオネが目を覚ましたことがたちまちムラ人らに知れて、翌朝、角張った顔の男と幾人かのムラ人が話を聞きに小屋へやって来た。角張った顔の男は、この上坂ムラのオサだと名のると、

「あたしの弟で、ホオダカって呼び名だよ。頬が高くて目立つだろ」

と、マヤが小声で教えてくれた。

「ときに、アオネとやら、海の上をどのくらい流されていた？」

ホオダカが訊いた。

「舟に乗り込んだのが、実りのあとの月のない晩で、それから、月が丸くなって、薄くなっていって……、ちょうど月の一巡りくらいの間かな」

考え考えアオネが答えると、皆が、「ほう」と驚きの声を上げた。

「そんなに長い間流されていたのか。今はもう、森の木はすっかり葉を落とし、遠くの山は雪を被っている。こんな子どもがたった一人、ほんとうに、よく生き抜いたものだ」

ホオダカはしみじみと言って、鼻をすすった。

潮の流れのためか、今までにも入り江に流れ着く者があったという。元気を取り戻して自分のムラへ帰っていく者もあったが、遠すぎて帰れずに、ここに居ついた者もいたらしい。

「潮の流れに逆らって、舟で戻るのはひどく難しいのだよ」

ホオダカが繰り返す。

ホオダカの隣に座った、前歯の抜けた老人がアオネをしげしげと眺めて、

「よい目をしておる。強いまなざしじゃ。この子はとびきり体がじょうぶな、恵の子。この子がムラへ流れ着いたのは、ムラによいことが起こる前触れじゃよ」

と、つぶやいた。

「おじじの見立てはいつもたしかだ。流行り病にたたられて気が弱っていたわしらに、天がこの

子を遣わしてくれたのかもしれんな」

「おう、そのとおりじゃ」

いぜん流行った病は弱い者の命を奪い、生き残った子は、フサとホオダカのところの赤ん坊だけになってしまったのだという。

「鹿の干し肉を持ってきた。マヤ、粟と煮て粥でも作ってやってくれ。せいぜい精の付くものを食べさせて、早く元気になってもらわねばな」

ホオダカはマヤに干し肉を手渡すと、ムラ人らを見回した。

「皆も気にかけてやってくれ」

ホオダカらが引き上げていったあと、アオネが小屋の外へ出て、茂みへ用を足しに行くと、マヤがざらついた声の女と話している声が聞こえた。

「マヤ、気をつけた方がいいよ。あのアオネ、って子、赤い顔してる。へんな病をうつされたら大変だ」

「顔が赤いのは日焼けしてるからだ。病にかかってるわけじゃない」

「海の向こうから来た者は、とんでもない禍をもってくる」

「シマコは、あの流行り病のことを言ってるんだろけど、アオネはちがう。あの子はムラに幸いをもたらす恵の子だ。おじじもそう見立ててくれた」

「ふん、おじじの見立てなんか当てになるものか。とにかく、用心しな」

そこまで聞いて、アオネがそっと立ち上がったとき、しかめっ面の年かさの女が立ち去るのが見えた。


アオネはしだいに元気を取り戻していった。上坂ムラのことばは、ふるさとのことばとは違いもあるが、少しずつ慣れていって、なんの不便もない。けれど、アオネにとってこれは仮の暮らしだ。フサの家族はよくしてくれるが、アオネを毛嫌いする者もいる。どうしたら、トトやカイがいる故郷へ戻れるかと、あてもなく考えていた。

ある朝、アオネはむしょうに顔がかゆくて目が覚めた。たまらず起き上がって、手で顔をこすると、日焼けした皮がぽろぽろとむけた。何度もこすって、すっかり落としきって、額にかかった髪を後ろへなでつけていると、モリヤが顔をのぞき込んできた。


「おまえ、こんな顔だったのか……。なかなか、いい顔だ」

「ほんとだね。おでこが広くて、くっきりした顔立ちだ」

モリヤとマヤがアオネの顔を覗き込みながらにやにやしている。アオネは居心地が悪くなって、小屋の外へ飛び出した。

ちょうど、フサが頭に土の器をのせて広場を横切っていく。フサが手なずけているブチ毛の犬、クゥもいっしょだ。

「フサ、水汲みかい？　手伝うよ」

アオネはフサを追いかけた。振り向いたフサが、アオネの顔を見て立ち止まった。

「顔色が悪いね」

「日焼けしてた皮がむけたからさ」

また顔のことか、とアオネはうんざりして答える。

「さっきも、マヤとモリヤにさんざんからかわれた」

フサは、「くくく」と声を殺して笑った。

「悪いかぁ、これがもともとのおれの顔だ」

「怒らないで。哀れっぽかったのが、とつぜん、きりっとしちゃったから……。そうねぇ、あたしは今の方が好き」

好きと言われて、アオネはどぎまぎして、ことばが出ない。

「ちょうどいい。泉の水に映して自分の顔を見てごらんよ」

クゥは行く先を心得ているらしく、急な坂をまっすぐに下って行った。アオネはフサのあとについて、踏(ふ)み固(かた)められた道を下っていく。そのとき、フサが頭にのせている器(うつわ)に目が留まった。小ぶりで抱(かか)えやすそうな形の表面に、曲がりくねった線とトンボかカエルの目玉のような模様(もよう)がついている。

「その器(うつわ)、いいね。形もいいし模様(もよう)もいい」

「うん。これがもともと上坂(かみさか)ムラに伝わる土の器(うつわ)」

「誰(だれ)がこしらえたの？」

「シマコの娘(むすめ)」

「シマコ、って、あのしかめっ面(つら)の？」

「そう、あのしかめっ面(つら)の」

「シマコに娘(むすめ)がいるのかぁ。器(うつわ)づくり、うまいんだね」

「でも、流行(はや)り病(やまい)で亡(な)くなっちゃった」

「そうだったの」

「シマコも、うまいの。シマコの娘(むすめ)が元気だった頃(ころ)は、シマコもいっしょに歌を歌いながら器(うつわ)づくりしてたって」

「なんで、作らなくなっちゃったの？」

「シマコは娘だけじゃなく連れ合いも流行り病で亡くした。だから、すごく落ち込んで、もう器づくりはしたくないって」

坂を下りきると、水の湧いている泉へ出た。先に来ていたクゥが流れに鼻先を突っ込んで音を立てて水を飲んでいる。

「さあ、おいしいからアオネも飲んでみて」

泉の底から湧き出る水が、砂をしずかに巻き上げている。その水面に映る顔がある。広いおでこに、気の強そうなつり上がった眉。これが、マツリを台無しにした罰当たりな自分の顔だ。アオネは水に映った自分をかき消すように、荒々しく水に両手を突っ込んだ。

「冷たくて、うまい！」

アオネがごくりと喉を鳴らすと、フサは頰にえくぼを浮かべた。

「お山さまに降る雨や雪を集めた、ありがたい水よ。日照りのときも、けっして涸れない」

フサもひと口すると、その手を振って、

「だ、か、ら、……こうしてあげる」

水をアオネの顔へ飛ばして、素早く逃げていく。

「よくもやったな。みてろよ」

アオネは組み合わせた両手に水を溜めて、フサを追いかけて思い切り飛ばした。

「あーあ、あたしもクゥもびしょ濡れ……」

クゥはぷるっと胴を振るい、フサは顔を空に向けて笑った。


木の葉が落ちた明るい林に、ワラビが芽を出しはじめた。

アオネはフサとワラビを籠いっぱい摘んできて、小屋の前へ置いた。

「裏山に上ろうよ。手伝いがすんだんだから」

フサはアオネの手を引いて歩き出す。ひなたで伸びをしていたクゥも、あとからついてきた。

アオネが来るまでは、フサにはクゥのほか遊び相手がいなかったのかもしれない。

裏山を上りきると、眼下にいくつかの小屋と、日当たりのいい広場がみえた。目を上げれば、草地の先に海原が広がり、振り返れば、豊かな森。奥に山々が連なっている。

「ここから、あたしが好きなものがぜんぶ見える」

フサは目を輝かせ、遠くにひときわ高くそびえている山が、お山さまだと教えてくれた。

「でっかいなぁ。ずっと気になってたけど、ここからだと、広がった裾野までよく見えるね」

砂浜で砂をすくって上から静かに落としていったら、あんな形の山ができるだろうか。きっと、

天がうんと暇をかけて作り上げたんだろう、とアオネは思いを巡らす。

「ほんとに、でっかいよなぁ。……でも、おれのムラからは見えなかった」

「お山さまが見えないなんて。アオネはずいぶん遠くから流されてきたんだね」

ふるさとのムラとの間には、丸木舟ごとアオネを引きずり込もうとした大海原が広がっている。

アオネ自身、弟や従妹のハナ、隣ムラのチャルと過ごしたことが遠い幻のように思えて、自分の故郷のことをフサにどうやって伝えていいかわからない。

「あの入り江が、アオネの流れ着いたとこ」

笹竹の間から見える海をフサが指さした。

「舟、まだ、あるかな？」

これまで海に近寄らないまま過ごしてきたが、アオネはふと、自分をここまで運んできた舟を見たくなった。

「ねえ、フサ、あそこへ行ってみたい。連れてってくれる？」

「うん。行ってみよう」

フサがぴゅっと指笛でクゥを呼んで歩き出した。アオネはそのあとを追って谷へ下りて行った。

「たぶん、舟はあのときのまま。漁に出るのは広い方の浜だから、入り江に行く人はほとんどいない」

足場の悪い河原を、フサはおしゃべりを続けながらどんどん下っていく。

「じゃ、フサはなんで入り江へ行ったの？」

「嵐が過ぎたあとだったから」

「どういうこと？」

「嵐のあとは、砂浜に珍しい石や貝殻が流れ着く。それがどこから来たんだろう、って考えるとわくわくする。集めて宝物にしてるの」

「浜辺の宝探しか。……もし、フサが浜辺へ行ってなきゃ、おれはみつけてもらえなかったんだね」

「うん。あのときは、ほんとうに驚いた。まさか、男の子が流れ着いてるなんて、思ってもみなかった」

フサは片頬にえくぼを浮かべた。

「アオネは天からつかわされた子。あのとき、大きな虹がかかっていたもの。天からのお告げだよ」

「おれは、ただ、からだが強いだけさ」

「その、強い、ってことがすごいの」

流行り病でいくつもの命が失われた。残された者は、生き残った強さにことさらひかれるのだろう。

「ほら、見えてきた。入り江はあの岩の向こう」

フサが指さしたのは、川の流れが海に注ぎ込むところだ。

アオネは岩の横を回って、どきどきしながら砂浜へ足を踏み入れた。

「これが、あの舟？」

太い流木が砂をかぶっているようにしか見えない。近づいていって舟底に溜まっている砂と海草を払いのけると、マツリで海に沈めるはずだった浅い器が出てきた。広がった縁のところが欠けていて、木の実や干し魚が盛られていたときの見る影もなく汚れている。

舟で火を出した末に、海の上を漂ったのは、幻でも何でもない。この身に確かに起きた出来事だったと思い知らされた。

「クゥ、何か見つけたの？」

フサが前脚で砂を掘っているクゥに目を止めて、土色のものを拾い上げた。

「あっ！　深鉢のかけらだ」

アオネはフサの手から奪い取った。

表面に細かな渦巻き模様がある。ヤマブドウの酒が入っていた深鉢は砕け散って海に消えたと思っていたが、たまたま、このかけらだけが舟に残ったのだろう。

アオネの頭の中に炎に包まれた舟がありありと浮かぶ。

「なんて、罰当たりなことをしちゃったんだろう……」

「罰当たり、って？」

フサは目を丸くした。

「おれ、……一人でマツリに使う舟に入り込んで遊んでるうちに、沖に流されてたんだ。神さまへの供物をのせたまま。マツリを台無しにした。神さまだけじゃない、きっと、ムラのみんなも怒ってる。海で流されて、怖くて、ひもじい思いをしたのはその罰だ」

アオネはうなだれた。

「なんで、舟に乗って遊んでたの？　一人で何してたの？」

思い切ったようにフサが訊く。

「トトの……、おれの父さんのこしらえた器に触って、じっくり見たかったんだ。その器を焼く火の番をしたのはおれだもの。おれはトトみたいな立派な器の作り手になりたい。だから、ちゃんと見ておかなくちゃならなかった。器をよく見ようと思って舟に持ち込んだ灯から、炎が綱に移って、気づいたときには、舟が沖へ出てた。火を消そうとして器で海水を汲んだときに、大事な器を壊しちゃった」

　アオネの目から涙がこぼれる。

「おれ、神さまへの供物を食べて生き延びた。いつか、トトが作ったみたいな器を作って海に捧げるから、どうか助けてください、って、舟の中で神さまにお願いしたんだ。神さまは願いをきいて、生きてこの岸まで運んでくれた。だから、この手で器を作ってお返ししなきゃ……」

　アオネは腕で頬をぬぐった。

　くちびるを固く結んだままだったフサが、静かに口を開く。

「つらかったんだね。このことは誰にも言わない。アオネが話したくなったら自分で話せばいい。でも、この器のことだけは、おとなに話してもいいよね？」

　フサは縁の欠けた器を手に取った。

「これ、見た目よりずっと軽い。アオネの父さんはたいした器の作り手なんだ。ムラに持ち帰って母さんに見せてもいいでしょ？」

「うん、いいけど……、欠けてるのをどうするのさ」

「母さんは、たまに土の器をこしらえてる。だけど、なかなか思いどおりにできないみたい。これ、いい手本になるような気がする」

フサがトトの器の良さをわかってくれて嬉しい。なのに、アオネの顔は引きつって、胸が苦しくなってきた。きっと、波のせいだ。岸に打ち寄せる波が、海の恐ろしさを思い出させるのだ。この恐ろしさを乗り越えなければ、故郷には戻れないのだけれど。

アオネは気をとり直して、かけらを懐にしまい、縁の欠けた器を抱きかかえた。

「さあ、戻ろう」

と、海に背を向けて歩きだした。

「ねえ、アオネも、土の器、こしらえられる？」

フサがうしろから問いかけてくる。

「うん、まあね。小さいものならいくつもこしらえた。土を練って焼き上げるまで、トトのそばで手伝ったから、段取りはわかってる」

「ふーん。すごいね」

フサが追いついてきて、まぶしそうな目をアオネに向けた。

二人がムラの広場まできたとき、山の向こうにお天道さまは沈みかけていた。焚き火のそばで、マヤが夕餉の仕度をしている。

「母さん、アオネの父さんは、とびきりの器の作り手なんだよ」

フサはマヤの顔を見るなり、入り江で見つけた器のことを話しはじめ、

「ほら、これ」

と、アオネが腕に抱えている器を指さした。

「ほぅ」

感心したマヤの口から、声にもならないような音が出た。

「あとでゆっくり見せておくれ」

アオネは欠けた器を脇へ置いて、焚き火の上に置かれた大鉢の中をのぞきこんだ。

「ハマグリ汁だね。おれ、火をみてやるよ」

いつものように、火の番をかって出て、手際よく薪の端を持ち上げたり息を吹き込んだりして、火の回りをよくした。そうしているうちに、アオネは気持ちが落ち着いた。

湯が湧きたつと、ハマグリが次々と口をあけて、貝の匂いが漂ってくる。

アオネはごくりとつばを飲み込んだ。

「もうじき食べられるよ。フサ、モリヤを呼んでおいで」

マヤが、せせらぎのそばで摘んできたというセリをちぎって、大鉢の中へ放り込んだ。ひと煮立ちしてから、柄杓でそれぞれの椀に取り分けた。

「ホオダカのところへ持っていっておやり。この汁なら赤ん坊でも飲めるから」

汁がたっぷり入った大きな椀を手渡されたフサは、こぼさないようにすり足で、赤ん坊のいるホオダカの小屋へ運んで戻ってきた。

「ワラビは茹でて、干し貝と和えておいたよ。貝の塩気とうまみがよくしみてる」

マヤはワラビを大きな葉の上に盛りつけて、広げたムシロの上に置いた。

「さあ、お食べ」

四人は残り火を囲んで、それぞれ自分の椀に手を伸ばす。

さっそく、フサは入り江で見つけた器を引き寄せて話しだした。

「これ、見て！　うちのムラでもこんなのができたらいいよね」

モリヤとマヤが口をもぐもぐさせながら身をのりだしてうなずいている。フサは、アオネが罰当たりなことをした末に、海に流されてきたことを黙っていてくれた。軽々しく自分がしゃべることではないとわかっているのだろう。いいことばかり言われて、アオネは誇らしいような、くすぐったいような気持ちで聞いていた。

すっかり食べ終わると、マヤとフサはせせらぎへ椀を洗いに行った。そのあいだに、アオネはハマグリの貝殻をまとめて、広場の端にある貝殻置き場へ運んだ。

夜が更けて、アオネはみんなと小屋でムシロをかぶって目を閉じたが、ふるさとのトトやカイやハナの顔が次々とまぶたに浮かんできて、なかなか寝付けなかった。

寝返りを打ちながら、三人の寝息を聞いていると、いい人たちに助けられてよかったと、つくづく思う。三人は自分を家族のように思ってくれている。それなのに、マヤとモリヤに隠し事をしているなんて……。朝になったら「罰当たりな事」をしたことを、自分から話そう。アオネは心に決めて、ようやく眠りについた。

3　器(うつわ)づくり

クリ林の向こうの沼(ぬま)で、カエルが鳴きだした。それを合図に、ムラ人(びと)らはシナノキの生える山へ入る支度(したく)をはじめた。シナノキの皮からとれる筋(すじ)を使って、ムシロや縄(なわ)を作るのだ。雨降(あめふ)りの多いこの頃(ころ)は、木がたっぷり水を吸(す)って柔(やわ)らかくなっているので、皮をはぎ取りやすい、とモリヤは言う。

夕べまでの雨がやんで、強い日差しが広場に照りつけている。待ちかねたように、アオネはムラ人(びと)らといっしょに、シナノキの皮を取りに山へ入った。

息を切らして山を登り、歩き回ってやっとシナノキの森へ行きついた。その高い枝先で、はじけるような形に咲いた花の甘い匂いがする。

アオネはモリヤと組んで、一本の木の前に立った。背の高いモリヤが手を伸ばして、石の刀で幹にぐいっと切れ目を入れる。そこから皮を二人で思い切り下へ引いてはぎ取る。続いて、アオネが石の刀で、その皮の柔らかな筋のところだけをはいで、背負い袋に詰めていく。

「皮をはがれて、木が寒そうだ」

アオネが言うと、モリヤは首を振りながら、

「気の毒がることはない。星が一巡りする頃には、また元どおり生えてるんだから」

と、教えてくれた。

袋がいっぱいになる頃には、二人とも汗まみれになっていた。あとは、尾根を下ってムラへ戻るだけだ。他の者は先に山を下ってしまったのか、姿が見えない。

大地が見渡せる尾根道で、モリヤはふと立ち止まった。

「ここで、少し休もうか」

水を詰めたひょうたんをアオネに投げてよこした。

「おまえも、力仕事が手伝えるようになったな」

「仕事を覚えるのは楽しいよ」

背負っていた袋を下ろすと、アオネの背中を風が吹き抜けていく。水をひとくち飲んで、遠くを見やった。

「いい眺めだね。空も大地も、……広くて丸い」

大地の広がりが弧を描いているように見えて、アオネはそれをつくづく丸いと思う。

モリヤも遠くを見て黙ってうなずいた。

「舟で海に浮かんでたとき、おれは見渡す限りの丸い海の真ん中にいた。ここでも見渡す限りの丸い広がりの真ん中にいる。どこへ行っても、まん真ん中にいるって、ふしぎだね。きっと、海も大地もみんな丸いんだ」

「ふーん、どこへ行ってもまん真ん中か……」

モリヤはあいまいに笑った。

アオネたちはムラへ戻ると、そのまま小屋の裏手にある干場へ向かった。二本の木の枝に渡した長い棒に、採ってきた木の皮をぜんぶ干し終えて、やっと夕餉にありつける。

広場では、ムラに残っていた者らが火を焚いて、川魚を大鉢で煮込んで待っていた。

フサが細かい葉の茂るクルミの木の下に座って、アオネたちに手招きしている。

アオネはモリヤと並んでフサのそばに座り、魚を続けざまに三匹たいらげた。

広場のあちこちで、ムラ人らは足を投げ出してくつろいだり、魚をほおばったりしている。やがて、ムラ人らはお腹が膨れて、小屋へ引き上げていった。

「いいものがたくさん採れた。いつになくシナノキの育ちがいい」

「おそらく、これからもいいことは続くさ。わしらには恵の子がついとる」

ホオダカとおじじが語らいながら、アオネのそばを通りかかる。

「近いうちに舟を出す。海の漁だ。モリヤ、よろしくな」

ホオダカはモリヤに声をかけて、小屋へ戻って行った。

「海へ舟を出すか……。アオネにはまだむずかしいな」

と、モリヤが言う。

「おれが子どもだから？」

「いや、そうじゃない。海を怖がっているようにみえる。あんな目に遭ったんだからしかたないさ」

「でも、海に早く慣れなくちゃ。舟をうまく操れるようになって、故郷へ戻りたいから」

アオネは燃え残っている焚き火の炎に目を向けたままつぶやいた。

「故郷へ戻るなんて、できっこない」

モリヤはきっぱりと言った。

「なぜさ」

「おまえの故郷（クニ）ってどこにある？　わからないだろう？　わからないところへ戻（もど）れるか？」

「岸に沿（そ）って、潮（しお）の流れに逆らっていけば行きつくはずだよ。トガリ岩っていう、大きな岩が目印だ。故郷（クニ）の浜辺（はまべ）の沖（おき）にある」

「大海原（おおうなばら）で、そのトガリ岩を探（さが）せるのか？」

「……」

「海には潮（しお）の流れがあって、逆らうのは来たときと比べものにならないくらい暇（ひま）がかかる」

海が広いことは、アオネは身に染（し）みてわかっている。どんなに強がりを言っても、心のどこかで、流されてきた逆をたどるのは難（むずか）しいと思っている。それでも、何かせずにはいられない。

「じゃあ、歩いて山を越（こ）える」

「まさか！　あてもなく歩き回るのか？　その方がよっぽど危（あぶ）ない。熊（くま）や狼（おおかみ）もいるんだから。おまえはこのムラにずっといればいいのさ。おれらもホオダカもそれを望んでる」

「ホオダカは、おれをムラにいいことが起こる前触（まえぶ）れだと思ってる。だから、おれを逃（に）がしたくないんだ。だから、遠くから流れて来た者は、そのままここに居ついた、なんて言って、おれに帰るのを諦めさせようとしてる」

周りにほかの誰もいなくなって、アオネの声はしだいに大きくなっていく。

「おれは知ってる。おとなはみんな、子どもを自分の思い通りにしようとするんだ。モリヤだって同じさ」

そう言ったとたんに、モリヤの大きな手がアオネの頬を叩いた。

「なんだよ！」

アオネは頬をおさえて、モリヤをにらみつけた。

「おまえ、そんなふうに思ってたのかっ！　おれらは、せっかく助かった命を大事にしろと言ってるんだ。おまえが命がけの舟出をしたって、誰も喜ばない……」

モリヤは声を詰まらせた。

食べ残しの魚をクゥにやっていたフサが、驚いてとんできた。

「アオネ、兄さんの言うとおりよ。故郷の家族に会いたいと思い続ければ、きっといつか天が聞き届けてくださる」

「そうだ。焦るんじゃない。今は、ここでできることをしろ。でかい仕事を成し遂げるのは、一人前のおとなになってからだ」

言うだけ言うと、モリヤはぷいっと小屋の中へ消えてしまった。

アオネは奥歯を噛みしめた。海への恐れを乗り超えて、早く胆のすわったおとなになりたいと思う。長くて厳しい旅に耐えられる力と、舟を軽々と操る技、途中で食べ物を得るための漁の技。考えてみると、今のアオネにはすべて欠けている。モリヤの言いたいのは、それに気づけと言うことだろう。二人の言っていることはもっともなのだった。

(今、ここで、できることってなんだろう)

アオネは心の中でつぶやいた。

「いい器をこしらえることは、ここでもできる。神さまとの約束が果たせる」

フサはアオネの心を読んだかのようなことを言う。先回りして答えを出されたのが癪に触るが、フサの言うことは的を射ていた。

「器づくり、か……」

神さまに捧げる土の器を作りたいという思いが、アオネの胸にじわじわと湧き上がってきた。

いくつかの晩が過ぎた朝、アオネが藪で薪を拾っていると、ホオダカに声をかけられた。

「フサから聞いたよ。おまえは小さいときから器づくりがうまい父さんの手伝いをしていたそうだな？」

　ホオダカはアオネが土の器を作りたがっている、とフサから聞いたようだった。

「うん、そうだよ。おれの父さん、マツリのための器づくりを任されて、おれはそれを近くでずっと見てきた。器を焼く野焼きは、足の悪い父さんにはきつい仕事だから、代わりにおれがぜんぶやってきた」

「そうか、それは頼りになりそうだ」

　ホオダカはクルミの木の根元に腰を下ろして、アオネにも座るように言った。

「おまえも知ってのとおり、以前、ムラで流行り病がはびこって、シマコの家族が亡くなった。亡くなったシマコの娘はムラの器づくりを仕切っていた。いい作り手だった。シマコもいい器を作っていたが、家族みんなを亡くしてからは、土に触りもしないんだ。それで、マヤたちが細々と引きついでいる。しかしな、ここだけの話だが、マヤがこしらえる器は、なんというか……、力がない。おまけに、焼いている途中で割れたり、使っていて欠けやすかったりでな。あれでは天に祈りが届けられん」

　ホオダカは眉根を寄せて、言いにくそうに言葉をつないだ。

「誰かが新しい風を吹き込まなきゃならんのだ。土の器はムラ人たちの心の拠り所だ。野焼きの火をぼんぼん焚くと、流行り病の厄払いもできるとおじじも言うし、力強い器ができれば、ムラの先行きが明るくなる。おまえが手を貸してくれたら助かるんだがなぁ」

ホオダカは、頭ごなしに従わせようとした故郷のひとつ眉のオサとはまったく違っていた。子どもの自分に手を貸してほしいと頼んでいるのだ。アオネはムラのことを思うホオダカの役に立ちたい、という気になってきた。

焼いている途中で割れるのは、土のこね方が足りないか、乾かし方が足りないのだし、欠けやすいなら、もっときめ細かな粘りのある土を探したほうがいい。なににしても、暇をかければうまくやれるかもしれない、とアオネは思う。

「うん、役に立てるかもしれない」

「そうか。近くの山で、器づくりに向く、粘りのある土もとれる。マヤたちと相談して、このムラの器を引きついでいってほしいのだ」

「器は作らせてほしいけど、引きついでいくっていうのはできそうもないよ。だって、おれは、いつか自分のムラへ帰るだろうから」

「おまえの気持ちはわかっている。しかし、故郷へ帰るのはまだ先のことだろう？ それまでの間でいいんだ」

「うん。じゃあ、まず、はじめに、故郷で作ってた海の神さまに捧げる器を一つだけ、いや、二つ作らせて。あとは、このムラに伝わる器づくりに打ち込むから」

「うむ、わかった。おまえの好きなようにするといい」

ホオダカはアオネが器づくりを引きうけたのを喜んで、鷹揚に答えてくれた。

「このムラのやり方はシマコがよく知っているが、手助けはしてもらえまい。ひととおりのことがわかっているのはマヤだ。マヤに口伝えの歌を歌ってもらうといい」


アオネが器を作りはじめたのは、にぎやかだった蝉の羽音も盛りを過ぎた頃だった。

ホオダカに頼んで、流れのそばの一角を作業場にしてもらった。硬くなった土をやわらかくするにも、手を洗うにも、水が近くにあるのは都合がよかった。

器づくりに使う粘り気のある土は、マヤに教えられた山から掘ってきた。焼いている途中で割れることがあると聞いたアオネは、川原から砂を採ってきて土に混ぜた。そうすると、土が早く乾いて割れにくくなる。トトから教わったやり方だ。

アオネが作業場で、はじめる前に額の麻ひもを結び直していると、

「いよいよだね」

水を汲みにきたフサが声をかけていく。

「見てろよ。フサがまだ見たこともないような、とびきりの器を作ってやるから」

アオネは水辺の作業場に草で編んだムシロを広げて、その上で川砂と水を加えて念入りに足で踏みつけた。そのあと、使う分だけ手でこねてから、胸一杯に土の匂いを吸い込んだ。手本にするのは、丸木舟の中から持ってきた縁の欠けたトトの器だ。

「マツリを台無しにしたおれを、どうか許してください……」

アオネは何度も念じ、蛇のように長く伸ばした土を積み上げて、指でならしていった。

「うまいもんだね」

土をつかんだり伸ばしたりするアオネの手の動きに、フサが見とれている。

アオネは半分ほどの高さまで積み上げたところで、湿らせた葉をかぶせておいて、二つ目にとりかかった。土が柔らかいうちに、いっきに積み上げると、土の重みで下の部分がつぶれてしまうからだ。朝から晩までかけて、二つの器の下半分を形作った。

次の朝は、二つの器の上半分を仕上げて、ハマグリの殻の丸みを使って内側と表面をこすって滑らかにする。

そのまた次の朝は、割いた笹竹で、表面に模様をつけていった。

土からうまれた　草の実　木の実、　鳥や獣を養って
枯れた草木は　また土になる

ふるさとの器づくりの歌を口ずさむと、頭の中にトトが模様を彫っている姿がよみがえってくる。まるで、トトの技が乗り移ったように、指が自然に動き出すようなふしぎな感覚で、迷うことなく模様をつけていった。

「よし、これで、一つできた！」

縁が広がった形も渦巻き模様も、トトがマツリのために作った器にそっくりだった。

その頃になると、ムラ人らが代わる代わるやって来て、アオネが器に模様をつけるのを、感心して眺めては戻っていくようになっていた。

土からうまれ　火で育つ　土の器の縄目と　渦の文

ひと息いれていたアオネが、歌を口ずさんで模様を入れはじめたとき、やせた女が髪を振り乱

して坂を下りてきた。……シマコだ。

「おい、アオネとやら。ここで、何やってんだい！」

シマコの剣幕に驚いて、アオネは握っている笹竹を手から落としそうになった。

「そんな歌うたって、妙なまじないをかけようってんじゃないだろうねぇ」

「まさか！　そんなんじゃないよ。故郷ではこうやって器づくりをしてたんだ。土と命の関わりを歌ってるんだ」

「ふーん、そうなのかい。……呪いの歌じゃないんだね？」

シマコはすこし語気を弱めた。

「器をこしらえるのは、ムラの女たちに任された大事な仕事だ。それを、よりにもよって、よそから流れ着いた男の子が……。こしらえるのは、やめとくれ」

「ホオダカに作るように頼まれた。誰かがやらなきゃならないって」

「へえ、あのホオダカがそんなこと言ったのかい」

「このムラの土の器のことはシマコがいちばんよく知ってるとも言ってた」

「ふん、あたしゃ、もう忘れたよ……。どうせ、なるようにしかならないのさ」

とつぜんシマコは声を落とすと、力が抜けたように、草むらに座り込んだ。

「ホオダカは気がやさしいだけがとりえの男だ。これまでオサらしいことが何もできなかったから、こんな子どもにすがってでも巻き返そうってわけか」

「それが悪いの？　ムラにとっていいことでしょ？」

「ムラにとっていいことか、って？　ふん、よそ者のくせにわかったような口きくんじゃないよ。……おらの腰がまだしゃんとしてた頃、身内が流行り病で次々に亡くなってしまったんだ。それ以来、気持ちが沈んでなにもする気が起こらない。おらの一人娘は顔も声もきれいな娘でねぇ、その指先から生まれる器は素晴らしかった。ところが、よそから流れてきた、見てくれのいいだけの男に心を奪われちまって親しくなった。すでにそのとき男は病にかかっていたんだろうね。間もなく亡くなり、後を追うように娘も同じように苦しい息をしながら亡くなったんだ。娘だけじゃない、連れ合いも。おらも危うく死ぬところだった。だから、おらは海の向こうから流れてきた者が嫌いなのさ」

「気の毒だったね。……でも、おれは病んでなんかいない。こんなにぴんぴんしてる」

アオネは衣の袖を肩までめくって、血色のいい腕を見せつけた。

「それに、もったいないよ。シマコはいい腕を持ってるのに、器をこしらえないなんて」

「おとなをおだてることもするんだね、この子は……」

「おだててるんじゃないよ。みんなが認めてるもの。またマヤたちと歌を歌いながらこしらえたらいいのに……。おれはもっと体を鍛えて、力がついたら故郷へ帰るから」

「えっ、ほんとかい？」

「うん。器を作って役目を果たしたら、マヤやフサに引きついで戻ろうと思う。その頃には、シマコも……」

「よけいなお世話だ。それより、手元のその器、早いとこ仕上げな。乾いてしまうよ」

「えっ、さっきは、おれに作るのを止めろといったのに、こんどは早く続けろって言うの？」

「そうだったね……。おまえの仕事のじゃまをしたのは他でもない、このあたしだったね」

シマコの苦笑いにつられてアオネもすこし笑った。そして、シマコはばつが悪そうに、そろりと戻っていった。

入れかわりに、フサがクゥを連れて水を汲みに水場へ下りてきた。

「シマコ、何しに来てたの？　何か言いがかりをつけに来たんじゃない？」

「まあね。ただ、話を聞いてほしかったのかもしれない。そのうちわかってくれるよ」

アオネが向き直って土に向かうと、フサはほっとしたように器に水を満たして頭の上にのせ、口笛でクゥを呼んで戻っていった。

アオネは日暮れ近くまでかけて、二つの器に渦巻き模様を入れ終わった。

翌朝、作り終えた二つの器を、風通しのいい木陰へ並べた。あとは、ホオダカに頼まれた上坂ムラに伝わる器を作るだけだ。

手本になるのは、マヤたちが水汲みに使っている、シマコの娘が作ったぼってりとした器だ。表面にくねくねと曲がりくねった線や、目玉のような輪の模様がついている。

シマコに相談できたら、ムラで作り継がれてきた作り方がわかるだろうが、シマコのしかめっ面を思い浮かべると、アオネは尻込みしてしまう。

「アオネとやら、おまえ、これから何するつもりだい？」

振り向くと、当のシマコが立っていたのでギョッとした。

「上坂ムラに伝わる器に取りかかろうと思って……」

アオネはまた何か言われるだろうと身構えた。

「これを手本にするのかい？」

作業場に持ち込んでいた水汲み用の器をシマコが手に取った。

「うん。シマコの娘さんがこしらえたんだね。ひと目見たときから気に入ってる」

「ふん。こんなふうに、ゆがみなく整った器は誰にもできやしないよ」

「そうかもしれないね。でも、おれ、やってみるよ」

「ほぅ、おまえ、なかなか根性があるね」

「諦めないよ。おれはあきらめが悪い。諦めちゃったら、海の上で生きていられなかったと思う」

アオネは立ち上がって伸びをして、木立を見上げた。

「おぉ、話はマヤから聞いてるよ。おまえはおらと同じように、死にそうな目に遭って生き残ったんだってね」

しみじみと言って、シマコも曲がった腰を伸ばして、ゆっくりと戻っていった。

次の朝からアオネは、手本の器を見ながら、積み上げては崩し、何度もやり直して、三つ目の暮れ方に、ようやくいくつかの器を作りあげた。

胴の部分に模様を入れるときには、横でマヤに口伝えの歌を歌ってもらった。

月の神様　みっつ休んで　よみがえる　満ちては欠ける　欠けては満ちる
沼で生まれた　カエルの子らに　手足が生えて　雨を呼ぶ

形を変えて蘇りを繰り返す月と、姿を変える度に生まれ変わるように見えるカエルの、底知れない力を讃え、終わりのない命を願う歌だった。

アオネは沼で見たカエルの目玉を思い出しながら、けんめいに指を動かし続けた。

「驚いた！　アオネの手はしなやかによく動く。シマコの娘もそうだった。誰でも土の器は作るけど、みんながそんなふうにできるわけじゃない」

マヤはすっかり感心している。

作り終えたものは、海の神さまへ捧げる二つの器の隣に並べて乾かした。


月が一巡りほどたった風のない朝に、アオネは広場に積み上げた薪に火をつけた。このときのために、強く長く燃える木目の詰まった薪を集め、ふるさとで使っていたような、火起こし道具を作っておいた。

いきなり器を火の中へ入れたら割れてしまう。少しずつ火に近づけて温めてからだ。白い煙が立ち上って、くすぶっている。それを見て、重なった薪の間に生木の棒で隙間を作り、笹竹で息を吹き込んで炎を呼び覚ます。それから、まんべんなく火が当たるように器を棒で動かした。

炎がごぉごぉと音を立てはじめると、炎の熱気と煙を体に浴びようとして、ムラ人らが火の周りに集まってきた。

おじもさらした衣で現れて、煙を押し広げるように両手を振り回した。

「穢れよ、去れ。邪気を焼き尽くせ」

「流行り病が治まってから、これほどの大きな火を焚いたことはなかったな」

つぶやくホオダカの肩にも火の粉が降りかかり、白い煙の向こうに、自分の小屋の前でたたずむシマコの姿もあった。

アオネは煙と戯れる人びとの頭を越えて、もくもくと天へ昇っていく煙を見上げた。

――煙に乗せて祈りを天にとどける
ふと、器を焼くたびにトトから聞いたことばがよみがえる。作り手は、天地をあがめ、災いと終わりのない命を願う祈りを土の器の模様に込める。その祈りを天に送り届けるのが火の番をする自分の大切な役目だったのかもしれない。

突然の別れがなければ、トトとこんな話をできたのに……、とアオネは思う。

「しまいまで、火の番を頼む」

火の勢いが安定してくると、ホオダカはおじじらといっしょに引き上げていったが、アオネにとっては、炎の熱が増してくるここからがおもしろい。土が器に変わる心おどる変化のときだ。

やがて、炎に包まれた土の器が赤く輝きはじめる。アオネには、炎が土に新しい命を吹き込ん

でいるようにみえる。故郷で、弟と二人で見たのと同じだ。

「ゆらゆらする炎って、まじない師の手みたいだろ」自分がそう言うと、弟は「怖いみたいだね」と言って、ぎゅっと手を握ってきた。

（カイに会いたい……）

懐かしさが胸にあふれる。けれど、どんなに懐かしんでも、遥かな海に遠く隔てられて、思いは伝えられない。いつか自分は死んだことになって、忘れられていくのかもしれない。そう思うと、どうにもやりきれなかった。

（風よ、伝えておくれ。アオネは生きていると）

アオネは天を仰いで、煙が風で流されて行く先をどこまでも目で追った。

山の向こうに陽が沈む頃、火は消えて草むらでスズムシが鳴きはじめた。


次の朝、アオネは灰の中から焼き上がった器を一つひとつ取り出した。その様子を集まってきたみんなが息をつめて見守っている。

「どんな具合だ？」

ホオダカが大股で近づいてくる。

「うん、一つも割れずに、焼き上がったよ」

そして、アオネが上坂ムラに伝わる模様の器を一つつかんで目の高さに持ち上げた。ぼってりと厚みのある縁のすぐ下に、月のようでも、生きものの目のようでもある大きな二つの輪。それを大地の主である蛇のようなくねった線が取り囲んでいる。

見守るムラ人らから

「おおっ」

と、歓声が上がって、マヤとフサは手を打って喜んだ。

「よくやってくれた。もう流行り病なんか寄りつきゃしない。見ろ、この力強い器を！」

ホオダカはアオネの肩に触れて、角ばった顔いっぱいに笑みを浮かべている。アオネも晴れ晴れとした気分だ。

「やはり、アオネがムラに恵みをもたらしてくれたようじゃな」

おじじは歯の抜けた口をほころばせた。

「そうだ。これが、おれら上坂ムラの土の器だ、って胸を張れる。それに、おれらが使ったこともない火起こしの道具で、あっという間に火をつけた。大したものだよ。そうだよな、みんな？」

モリヤがみんなを見回すと、

「おうよ、われらの誇りだ」

と、ムラ人らは答えた。

ムラ人の輪の中に、シマコの姿がある。アオネと目が合うと、目を輝かせて近づいてきた。

「おらの娘がこしらえたのに見劣りしない。ムラのためにおまえはほんとによくやったよ。もう、よそ者と思うのはやめた。アオネはこのムラの者だ」

シマコの声は、これまでとは別人のようにやさしかった。

「海の神さまへ捧げる方はどうだった？」

フサがアオネに駆け寄った。

こんどだけというホオダカとの約束で、ふるさとの器を作らせてもらった。次はないという覚悟で作った二つの出来が気になっていたが、まだ確かめていない。

アオネはフサといっしょに人だかりを抜け出して、神さまへ捧げる器を灰の中から取り出した。割れてもいないしひびも入っていない。渦巻き模様もしっかり入って……。

「あっ！」

アオネは二つ目の器の縁に指跡を見つけた。

「指の跡が縁に残っちゃった。乾ききらないうちに、うっかり触っちゃったんだ……」

「どれ？　……あぁ、こんな小さな指跡なんて、言われなければ気がつかない」

フサは慰めてくれるが、アオネは悔しくてならなかった。指跡の付いたのを神さまへ捧げるわけにいかない。自分の手元に置いておこうと思った。

「神さまへの捧げものができて、アオネの望みが一つ叶ったね」

「盛り立ててくれたみんなのおかげだよ。……おれ、わかったよ。土の器はムラの人の心を一つにするんだって」

「うん、そうだね」

言いながら、アオネはもう一度手元の器を見た。

（トトがこれを見たら何て言うだろう。誉めてくれるかな？）

アオネが焼き上がりを真っ先に見せたいのは、遠く離れたふるさとのトトだった。

翌朝、夜明け前に、アオネはモリヤと二人で寝床をそっと抜け出した。前の晩に、アオネが入り江から舟を出してくれるようにモリヤに頼んでおいたのだ。

二人が小屋を出ようとすると、

「どこ行くの？」

と、フサの声がした。

「舟で神さまへ捧げ物をしに行くんだ」

「あたしも連れてって」

フサが寝床から起き上がった。

「舟には、二人しか乗れないよ」

奥で寝ているマヤを起こさないように、アオネは声を潜めた。

「アオネとあたしは子どもだから、二人でおとな一人分。きっと乗れる」

「舟が沈みそうなら、岸で待ってろよ」

モリヤに言われ、フサは
「うん」

と、うなずいて、二人のあとをついてきた。小屋の外で寝そべっていたクゥが首を持ち上げたが、フサが首を横に振ると、心得たようにまた元のように寝そべった。

モリヤは手に櫂を持ち、アオネはヤマノイモと栗を盛った自作の器と、トトが作った縁の欠けた器とを両腕に抱えている。

「先に行くよ」

途中の原っぱで花を摘んでいるフサに声をかけて、アオネとモリヤは先に入り江に着いた。入り江にうち捨てられていた丸木舟を、アオネはこのときのために、石の刀を使って磨き上げていた。焦げた舟底も元の木の色に蘇っている。モリヤが砂浜から舟を押し出して海に浮かべると、舟に乗り込んで、アオネから器を受け取った。

「あたしも乗ってみる」

フサが乗り込んだ勢いで舟がぐらりと揺れたが、じきに落ち着いた。

「よし、フサが乗ってもよさそうだ。舟を出すぞ」

モリヤが櫂を操って沖へ出た。海は静かだけれど、アオネには冷たいものが足の先から這い上がってくるようないやな感覚がある。

（やっぱり、海は怖い）

「このあたりでいいよ。おれが入り江に向かって飛びこんだのが、ちょうどこの辺りだから」

たった今、昇ってきたお天道さまの鈍い光を受けたさざ波が寄せてくる。

（マツリを台無しにしたおれを、どうか許してください）

アオネは一心に祈りながら器ごと供物を海へ放った。二つの器が競い合うように海の中へ吸い込まれて、供物のヤマノイモと栗だけが波間を漂った。そこへフサが摘んできた月の色の花を投げた。

アオネは息を潜めて耳を澄ませ、海面を見つめて天からのお告げを待った。

（どうか、おれのしたことを許してください……）

顔を上げたアオネは「はっ」と息をのんだ。暗色の海に溶け込む空に、赤みを帯びた不気味なお天道さまが浮かんでいる。まるで落日のようで、今にも消え入りそうだ。胸が騒ぐ。輝きのない赤い朝日は、雨や風を呼ぶ不吉の印だ。海の神さまに、自分で作った器を捧げれば許してもらえると思っていたのに。遅すぎたのだろうか。

首筋に冷たい風を感じて振り返ると、背後の空に、もくもくと黒い雲が広がっている。ふるさとの方角だ。アオネがしたことを許すわけがないと告げているかのようだ。

――誰のために祈っているのだ……。

せせら笑うような故郷のひとつ眉のオサの声が聞こえたような気がした。

マツリの舟がとつぜん消えてムラは大変な騒ぎになってる。この海に捧げ物をしてもムラ人の怒りを鎮めることはできない。

「今まで自分のことしか考えてなかった。どうすりゃいいんだ……」

アオネの心にも暗雲が広がりはじめた。

4　ちぎれ雲

遠く離れたふるさとの浜辺で、弟のカイが器のかけらを拾いあげた。舟にのせてあった器のかけらだ。舟の残骸や、アオネが身に着けていた物が流れ着いていたら、舟は沈んでアオネは命を落としたことになる。だから、そんなものは流れ着いていませんように、と祈っていたのだが。

（なぜ、かけらが流れてきたの？　何かの拍子に欠けて舟から落ちただけだよね、兄ちゃん？）

カイはすがるような気持ちで、アオネが海へ消えたあのマツリの前の晩のことを思い出す。

アオネが「浜へ忘れ物を取りに行く」と言ったきり、なかなか戻って来ないので、心配になって起き出した。暗い足元を気にしながら、浜へ続く坂を下っていくと、沖へ遠ざかる火の玉が見えた。浜には岸につながれていた舟もアオネの姿もなく、焦げたような匂いだけが残っていた。

あの火の玉はアオネが乗った舟だ。きっと、兄ちゃんが舟に火を持ち込んだんだ。

「兄ちゃーん」

とっさに、叫んでみたが遠すぎて届くはずもない。

カイはもと来た坂を駆け上り、ひとつ眉のオサの小屋へ駆け込んだ。

「たいへんだよ、兄ちゃんが乗った舟が……」

言い終わるより先に、集まっていたおとなたちが立ち上がった。誰よりも先にトトが浜へ転げるように降りて、浜の隅に置かれた古い舟を、波打ち際まで引っぱっていった。

「舟を出すのはあぶない。夜明けまで待て」

ひとつ眉が止めたが、トトはそれを振り切って、闇の中を一人こぎ出していった。

やがて、見かねたように、ひとつ眉が若者を連れて、別の舟でトトの舟を追った。

「おねがい！　兄ちゃんを連れ戻して……」

カイは沖に向かって手をこすり合わせながら震えていた。

空が明るみはじめた頃、ひとつ眉たちに抱えられて、ずぶぬれのトトが戻ってきた。

「立ちこぎをしていて海へ落ちたらしい。舟のへりにしがみついていたのを、わしらが助けた」

ひとつ眉は、いまいましそうに濡れた顔を何度もこすった。

足の悪いトトが舟をこいで海へ出るのはもともとむりだった。けれど、ムラ人らは容赦ない。

「わしらがマツリのために整えたものが、アオネのせいで、すべてふいになった」

「息子の責めはおまえが負え」

皆が責めたて、ついにトトを足蹴にしはじめたとき、ひとつ眉が割って入った。

「アオネは供物と共に海に捧げられたのだ。だから、ムラに災いが起こることはない」

重々しい声で言い放つと、ムラ人らは静まり返った。

すると、こんどは、トトがひとつ眉に挑みかかる。

「アオネが死んでしまったというのか……」

「そうだ。アオネは死んだのだ」

ひとつ眉は顔色を変えずに繰り返した。

トトはその言葉を、どうしても受け入れられず、誰とも口をきかなくなった。足が痛むからなのか、しじゅう苦しげで、あれほど精を出していた器づくりも、ぱったりやめてしまった。

でも、アオネが戻ってくれさえすれば、トトは元気になるはずだ、とカイは思う。

「兄ちゃーん、どこへ行っちゃったんだよぅ。早く戻ってきてよぅ」

ちぎれ雲の浮かぶ空に向かって、カイは声を張り上げた。

海の水が温みはじめた朝、ハマグリを採るために、ムラ人らが浜辺に集まった。潮が大きく引いて干潟が広がるときに、山間のムラの者や子らも加わって、いっせいに貝を採って干し貝を作る。

カイはひとつ眉の一人娘のハナと並んで、干潟で貝を掘りはじめた。

生まれてすぐに母親を亡くしたカイは、ハナの母から乳をもらって育った。カイとハナは姉弟のように親しんでいる。アオネのせいで、トトがムラ人から責められても、ハナとその母親だけは、以前と変わらずカイたち親子にやさしかった。

ハマグリ採りに、山間のムラから、アオネと仲の良かったチャルもやって来た。

「アオネがいなくなってずいぶんたつよね？　どうしちゃったんだろう」

チャルは木のへらを手に持って、カイとハナのそばにしゃがみ込んだ。

「あいつ、大きくなったらムラのオサになるって言ってたくらいだから、自分から好きで出て行ったんじゃないよな」

「うん。何かわけがあったんだろうけど、……わからない。ひとつ眉のオサはね、兄ちゃんは神さまへの捧げものになって海の果てへ行ったんだって。だから、ムラに悪いことは起こることはないって」

「えっ！　アオネが死んじゃったってこと？　まさか、アオネが死ぬはずない」

「そうだよね、兄ちゃん、どこかで生きてるよね？　トトもそう信じてる」

せめて、チャルとハナには、生きていると言ってほしい。

「そうさ。アオネはどこかで生きてる。たぶん、どこかの島に流れ着いて……、魚や木の実やなんかを食べて、どうにかして食いつないでるさ」

「そうだよ。あたしもそう思う。アオネはすばしっこいもの」

ハナは砂を掘る手をとめて、声に力を込めた。

「だったら、なんで戻ってこないんだろう」

「そりゃ、叱られるのがこわいからさ」

すぐさまチャルが答えた。

「そうなのかなぁ」

カイにはわからなかった。

「そうだ！　おれたち三人でアオネを探しに行こう」

とつぜん、チャルが立ち上がって言った。

「おれたちがアオネを連れ戻せば、なにもかも元どおりに収まるさ。そりゃ、あいつはこっぴどく叱られるだろうけど、逃げ回ってるよりずっといい」

「探しに行きたい。……けど、トトを置いていけない。トトは水を汲んだり、薪を集めたりすることができないもの」

「ちぇっ」

チャルは舌打ちした。

「カイの父さんが元気になったら行こうよ、ねっ」

二人を取り持つようにハナが言う。

「しかたないなぁ。カイもハナも、まだ子どもだしなぁ……」

「おれ、もう、子どもじゃないよ。おとなの歯が生えたんだから」

カイは唇を「いー」と横に開いて、生えたばかりのぎざぎざした前歯をチャルに見せた。

「わかったよ、カイ、もういい。口の中の歯がぜんぶおとなの歯になったら行こう」

三人は、満ちてきた潮に押されるように、海から離れて、待ち構えているおとなにハマグリを手渡した。湯気の上がった大鉢の上に貝の入った籠を置いて蒸している。口の開いた貝から身を取り出して、ムシロの上に広げるのは子どもらの仕事だった。

アオネのことは何もわからないまま星々がひと巡りして、つぎの干し貝づくりが近づいた。トトの頬はこけ、目の輝きが失せて、一人で歩くこともできなくなっていた。ハナとその母親が心配して手を貸そうとしても、トトは断り続けた。アオネを死んだと決めつけるムラオサに反発して、その家族の世話になりたくないらしかった。ハナの母親は二人分の食べ物を用意して、カイにそっと渡してくれる。でも、手助けなしには動けないトトの身の回りの世話は、カイ一人の肩にかかっていた。

そんな暮らしに飽き飽きしていたカイは、ある晩、炉端で湯を飲んでいるトトに言ってみた。

「チャルがおれに、もすこししたら、いっしょに兄ちゃんを探しに行こうと言ったよ。待ってても戻ってこないんなら、こっちから探しに行くしかないよね」

「アオネを探しに行くなんて、できやしない。カイはまだ七つだろう?」

トトは椀を持つ手を膝の上に置いた。

「でも、兄ちゃんはどこかで生きている、って、今でも思ってるだろ? それとも、もう諦めちゃったの?」

「いや、きっと、生きてる。……あの舟はちょっとやそっとでは沈まない、よくできた舟だ。きっと波を乗り越えてどこかの岸に流れ着いてるはずだ」

「そうだよね」

「なぜ、アオネが舟に乗りこんだのかはわからんが、舟ごとあいつが消えたのは、わしがこしらえた器のせいだったような気がしてならんのだ」

「トトの器のせい？」

「心を込めてこしらえたつもりだが、これまでのとは違ってしまったかもしれん。足の古傷がうずいて気が散った。焼き上げるのもアオネ一人に任せてしまった。それを海神さまはどう思われたか……。海神さまのお気に召さない土の器は、ムラに悪いことをもたらす。アオネが悪いんじゃない、悪いのはわしの器だったんだよ。だから、わしの命に代えてアオネを生かしてやってほしいと天に願ってる」

トトの声はひどく寂しげだった。


穏やかな浜のムラにも、寒い季節がやって来た。

トトの体はますます弱って、寝床で横になってうつらうつらしていることが多くなった。カイはそんな父の身の回りの世話をしながら懸命に暮らしている。

ある夕暮れどき、カイは炉にくべる小枝を集めに藪へ入ったが、とつぜん冷たい雨が落ちてきた。カイは大急ぎで小枝を集め、小屋へ戻って火にくべた。

「雨がふってきたよ。寒いだろ……じきに暖かくなるからね」

カイが湯の入った椀をトトに差し出すと、トトはそれを受け取って、カイを見つめた。

「わしがいなくなったら、おまえ、どうする？」

いなくなる、って？　その言葉にカイはどきっとして、ことばが出なかった。

「前にチャルといっしょに、アオネを探しに行きたいと言ってたなぁ」

「うん、そう言った」

トトはなぜ、とつぜんそんなことを言い出したのだろう。

「チャルと二人でアオネを探しに行け。入り江の奥に、古い丸木舟があるのを知っているだろ？　わしがアオネを探しに海へ出たときのあの舟だ。あれで潮の流れに乗って、お天道さまの昇る方へ向かえ。アオネがたどったのと同じようにな。それから、死んだカカが編んだ背負い袋に、いるものを詰めていけ。きっと、カカがおまえに力をくれる」

トトの頭は珍しくはっきりしているようだが、それが逆にカイの気持ちを不安にした。

「どうして、そんなこと、今になって言うのさ」

「カイには話してなかったが……、わしは今のチャルと同じ十六、七の頃、生まれ育った島から、一人でこの浜のムラへ舟で渡ってきた。そしてオサの妹のカカと夫婦になった。……だから、おまえたちにもできないことじゃないと思うようになった」

「トトはこのムラで生まれたんじゃなかったの」

「その島じゃ、魚や食べ物になる実がよく採れた。月夜の晩にウミガメが卵を産みに砂浜へやって来た。親たちは土で渦巻き模様の器をこしらえた。島の暮らしはよかった。水が足りなくなるまではなぁ……」

トトは苦しげにそこまで話すと、遠くを見るように目を細めた。

「水がないから海を渡ってきたの？」

トトはかすかにうなずいて、カイが浜で拾った器のかけらを懐から取り出した。

「ムラを出て、アオネを探しながら、新しい居場所を見つけるんだ。それがいい……」

もう片方の手でカイの手を取って、その手にかけらを握らせると、静かに目を閉じた。

トトの魂はここにはなく、まるでアオネを探しに遠いところへ行ってしまったようだった。

その夜、トトは眠るように息を引き取った。

「いやだ、いやだ、一人にしないでおくれ。これから、おれ、どうしたらいいんだよぅ」

カイは息をしなくなったトトに取りすがって泣いた。臥せっていても、小屋にトトがいてくれるのがカイの張り合いだったのだ。泣き続け、やがて泣き疲れて、突っ伏したまま眠ってしまった。

ムラで死者が出ると、いつもそうしていたように、使われなくなった古い小屋の土の下へ、おとなたちが葬ってくれた。

「いつかきっと、トトは別の姿でよみがえるさ」

ハナの母親はそう言って、カイの背中を抱いてくれた。

一人きりになった小屋はがらんとして寒々しい。外で、風で木と木がぎぃぎぃとこすれる音がする。カイは炉端で仰向けになって、すすけた梁を見上げた。

前の晩までここにいたトトが消えてしまったことが信じられない。梁にも柱にも土間にも、トトのにおいが染みついていて、今にも、「カイ、湯をくれ」という声が聞こえてきそうだった。

(トトは兄ちゃんのせいで死んじゃったんだ。自分の命に代えて兄ちゃんを生かしてほしいと願ってた。兄ちゃんがいなくなったりしなければ、こんなに早く死なずにすんだのに)

カイは足をばたばたさせて、いつまでも泣きじゃくっていた。

そこへ、ハナがやって来た。

「カイ、きのうから何も食べてないよね?」

小屋の入り口でハナの声がしたとたんに、カイはハナに背を向けて膝を抱えて丸まった。

「粥を置いておくよ。……寂しかったら、いつでもあたしたちのところへおいで」

ハナが小屋から出て行ってしまうと、風の音が一段と大きく不気味に聞こえた。

（どうせ、ハナにはおれの気持ちなんかわかんないさ……）

カイはかたくなに、しばらくそのままじっとしていたが、とうとう、粥の匂いに誘われて起きだした。湯気の立っている粟粥の椀にそろそろと手を伸ばし、ひと口すすった。ぬくぬくした塊を飲みこむにつれて、温かさが体に満ちてきた。ハナのやさしさが身に染みる。それでも、カイはトトの気配が残る小屋から離れる気になれなかった。

カイが心棒をなくしたような頼りない気持ちで過ごしている間にも、柔らかな雨が野山を潤し、明るい光が草木を育んでいった。女、子どもはこぞって藪へ入り、ゼンマイやワラビを摘んだ。やがて、カイもその中に交ざった。それでハナの母親に粥や汁を作ってもらって、夕餉だけはひとつ眉のオサの小屋で、ハナたちといっしょに食べるようになっていた。

そんな矢先、元気だったハナの母親がとつぜん命を落とした。藪のタラノキのトゲで指を刺して、その傷が元で、体中に毒が回ってしまったらしい。あまりにも急なことで、病祓いのまじない師を呼ぶ暇もなかった。

トトに続いて伯母まで亡くなって、カイの周りに頼れるおとなはひとつ眉のオサだけになってしまった。ほがらかだった伯母がいない夕餉は気詰まりだったが、ひとつ眉の世話になっていれば、どんなときも食べるものには困らなかった。

実りのときも過ぎて、冬支度が済んだ頃、ひとつ眉の元に、山向こうのムラから、豊かな髪を結い上げた年若い娘が嫁いできた。連れ合いを亡くした男が、また嫁取りをするのはいいとしても、あまりにも早くことを運んだオサが、カイにはいかにも薄情に思えた。たぶん、ハナも同じ気持ちなのだろう。はじめて継母に会ったとき、

「母さんがかわいそう。亡くなってから、まだ六つしか月が巡ってないのに……」

と、カイにもらしていた。

誰とも分け隔てなく接するハナの新しい母親、コマはたちまちムラ人らとも馴染んでいったが、ハナは新しい母親に心を閉ざしているように見える。コマといっしょの小屋で過ごすのを避けるように、カイが寝起きしている小屋に入り浸ることが増えていた。

山下ろしの冷たい風が吹く朝のこと、風を避けて小屋の外の陽だまりで、カイは拾ってきたクルミの殻を割っていた。泉の方からハナが近づいてくるが、いつもと、どこか様子が違う。

「ハナ？　……ああ、髪の結い方を変えたのか」

「さっき、母さんに結ってもらったの」

はにかみながら新しい母親のことを母さんと呼んでいる。編んだ髪を両耳の上で巻き付けたハナの髪型が、大人びて見えた。

「ふーん、それ気に入ってるの？」

「あたし、下がり眉毛のせいで、寂しそうにみえるでしょ。こうすると、ずっと顔が明るくなるって、母さんが言ってくれた。泉で水に映してみたけど、自分でも気に入った」

ハナは木の櫛を手でもてあそびながら、

「この櫛、母さんがあたしのためにこしらえてくれたの」

と、嬉しそうに言い足した。

「よかったね。ハナは新しい母さんのことあんまり好きじゃないのかと思ってた」

「カイったら……。そりゃ、はじめは、父さんが亡くなった母さんをないがしろにしてるような気がして嫌だった。でも、こんどの母さんはそんなあたしの気持ちをわかってて、母さんと呼ばなくてもいい、って言ってくれた。コマって名前で呼んでくれてもいい、って。姉さんができたと思ってくれればいいんだって。母さんは十八で、あたしより七つ年上なだけだもの。でも、あたし、やっぱり、母さんって呼ぶわ」

「ふーん。姉さんみたいな人ができてよかったね」

「なあに、その言い方。あたしを母さんにとられたと思ってるんでしょ」

「そんなこと、ないやい！」

カイがぷいっと頬を膨らませてすねても、ハナは以前のように困った顔をみせない。

「カイはいつまでたっても子どもなんだから……」

そう言って、にこにこしているだけだった。


いくつもの月が巡り、ムラではまた海神さまのマツリの支度がはじまった。アオネが台無しにしたマツリから五つ目のマツリだ。コマがひとつ眉の子を身ごもったこともあって、ムラはいっそう活気づき、広場はがやがやと賑わっていた。

ハナはコマといっしょに、集めてきたヤマブドウの実を瓶に詰めている。カイが一人取り残されて、片隅の木にもたれて座っていると、若い女が立ち止まって、

「なんで、あんたの兄ちゃんは、あんな罰当たりなことをしたんだろうね。しっかりしたいい子だったのに」

と、聞こえよがしに、ため息をついた。

（知るもんか。……おれだって、なんで兄ちゃんがあんなことをしたのか知りたいよ）

カイが小さい頃は、よくかまってくれたやさしい人だったのに。ふだんは忘れているアオネのことを、マツリが近づいて思い出したのだろうか。

賑わいが増すにつれて、カイの気分はどんどん落ち込んで、邪気に当たったように体がだるくなってきた。

お天道さまは傾きはじめたが、山の向こうに沈むまでには、もう少し間がありそうだ。広場でヤマブドウを煮る火が焚かれ、ハナがコマと顔を寄せ合って楽しそうにしゃべっている。ハナは母親を亡くした悲しみから、自分ではなく、よそから来た若い母親によってさっさと抜け出したように思えてみじめだった。

ぞくぞくと寒気がするまでになって、カイは自分の小屋の寝床に倒れ込んだ。横になってしばらくうつらうつらしていると、その耳にトトの声が聞こえてきた。

——カイ、なぜこの場所にしがみついているんだ？　わしが言ったことを忘れたか？

カイの頭はまだぼんやりしていたが、起き上がって、まわりを見回した。小屋の出入り口から差し込んだ夕日が、以前トトの寝ていたあたりを照らしている。そこに、トトが最期にカイの手に握らせてくれた器のかけらが転がっていた。カイは這っていって、そのかけらを握りしめた。

「忘れちゃいないよ。トトは兄ちゃんを連れ戻したかったんだよね」

トトの気持ちがかけらに宿っているように思えて、それを胸に当ててみた。

――アオネを探しに行け。アオネを探しながら、自分の新しい居場所を見つけるんだ。

こんどは、トトの言葉がカイの心にはっきりと伝わってきた。

（そうだ、罰当たりなアオネの弟と言われながらここで暮らすなんて、もう、やめる。トト、おれ、ムラを出て兄ちゃんを探し出すよ。見つけたら、なんであんなことしたんだって問い詰めて、兄ちゃんのせいでトトが死んじゃったって言ってやる）

カイは器のかけらを熱っぽい頬に押し当てたまま、また少し眠った。


マツリが終わっていくつかの夜が過ぎた頃、年かさの男と若い男が舟でムラへやって来た。親子だという二人は顔も体つきもよく似ていて、そろって顔と腕に入れ墨をしている。その男らは、刀や矢じりになるという真っ黒く透き通った石を舟に積んでいた。カイも物見高く集まってきたムラ人らに交じって、籠の中を覗き込むと、黒い石の塊が陽を受けてキラキラと光っていた。遠い山から運んできたらしい。

「タカラ貝と、この黒石と取り引きしないか？」

年かさの父親がひとつ眉に言った。

穴をあけた貝殻を紐でつなげて首に飾る。ムラのそばの砂浜に打ち寄せられる、つやつやした美しいタカラ貝の貝殻を欲しがる者は多い。

「汁を振舞うから上がってくれ。それから取り引きの話をしよう」

ひとつ眉は男らを坂の上の広場の木陰へ誘った。

コマが火にかけた深鉢から魚貝の入った汁を器に注いで手渡すと、二人は木の根元にあぐらをかいて、うまそうに飲み干した。

「いつかの、あのでかい魚は来ないか？」

年かさの男が、ひとつ眉に尋ねた。

「クジラのことか。そうさな、浅瀬に迷い込んできたことがあったな。ちょうどそのすぐ後に、あんたがここに立ち寄ったんだった」

と、言って、ひとつ眉は思い出話を続ける。

「あれの肉はもちろんのこと、脂は火をともすのに使えるし、骨や皮も余すところなく役に立つ、じつにありがたい生き物だ。しかし、来たのはあのときっきりだ」

「そうかぁ。あのでかさだ。遠くの海の、深いとこを泳ぎ回っているんだろうよ」

男はそう言ってひと息つくと、

「まったく、海の広さには驚かされる。お天道さまの昇る海の彼方に、黒石でできた島があるというんだから」

話しながら籠を引き寄せて、中の黒い石の塊を出して見せた。

そこで、ひとつ眉は広げた布の上にタカラ貝を広げていった。

「これでどうだ?」

山盛りになったところで、男は「よし」と手を打った。

カイは離れたところから、そのやり取りをぼんやりと眺めていて、「あっ」と思った。この男らはあちこちのムラを舟で行き来して、お天道さまが昇る遠い海のことも知っている。だったら、アオネのうわさをどこかで聞いているかもしれない。カイはすぐにでも話に割って入って尋ねてみたかった。でも、今はまずい。ムラでは、アオネは海で死んでしまったことになっている。皆のいる前で尋ねたら、話を蒸し返すな、とひとつ眉に怒鳴られるのがおちだ。

日も暮れて、男らはムラの端にある、使われていない小屋で休むことになった。朝になれば、この親子は丸木舟に乗って自分のムラへ帰って行く。その前にアオネのことを訊いてみたい。カイはずいぶん迷ったが、ムラ人らが自分の小屋へ引き上げて静まったのを見計らって、男らのい

る小屋へ向かった。小屋の入り口まで来て、

「話を聞かせてほしいんだ」

カイは勇気を振り絞って声をかけた。

しばらく間があって「ん？」と、中でもぞもぞ人の影が動いた。

「海の向こうのこと、聞かせて」

「おぉ、なんだ、子どもか？　いいよ。入りな」

子どもだとわかって、若い方の男が大きな前歯を見せて笑顔になった。

「で、何が聞きたい？」

と、聞かれて、

「いなくなった兄ちゃんを探しに行こうと思って。男の子が舟でどこかに流れ着いたっていううわさ、どこかで聞きませんか？」

と、尋ねた。

そして、五つ前の実りの頃に兄が舟に乗ったままいなくなったことを話した。

若い男は眠そうにうなだれていたが、ふと顔を上げて目を見開いた。

「流れ着いた子、っていえばなぁ」

「えっ？」

「うわさというより、ただの作り話なんだが……」

「どんな話？　聞かせて、おねがい！」

　カイは膝を乗り出した。

「お天道さまの昇る海の向こうにムラがあってな。人の行き来も多く、にぎわっていたが、旅人が持ち込んだ流行り病で、ムラの者たちが大勢亡くなって、ムラはすたれてしまった。が、あるとき、近くの入り江に男の子が流れ着いたんだと」

「男の子、だね？」

「あぁ、男の子だ。その子は海からつかわされた恵の子だったんだと。なにせ、その子が流れ着いてから、魚がたくさん獲れるわ、森の実りは増えるわ、いい土の器が焼けるようになるわ、めでたいことが次々に起こって、ムラは活気を取り戻したんだとさ」

「その男の子、アオネ、って名じゃない？」

「それがおまえの兄ちゃんの名か？　わしが聞いたのは、恵の子、ってだけさ」

「それ、作り話じゃなくて、本当の話かもしれないよね？」

　カイは、話の中の男の子がアオネに思えて仕方がない。

「わしらは長い夜の退屈しのぎに、夢に見た話や何かをしゃべり合う。さっきの話も、誰かが思いつきでしゃべったおとぎ話さ」

入れ墨のある父親の方が横になったまま言った。

「おまえが兄ちゃんだと思うのは勝手だが、わしらはこれ以上のことは何も知らん。さあさぁ、戻って寝るがいい」

親切そうに見えた若い男も、それ以上何も話してくれそうにない。カイの気持ちは宙ぶらりんのままだったが、仕方なく立ち上がった。

「おれが、おじさんたちに兄ちゃんのことを聞いたって、オサにも誰にも言わないでね」

「ん？　なぜだ？」

「知れたら叱られる。子どもが勝手にムラを出ようとするのは悪いことだから」

「ふーん、そうかい。わかった。誰にも言わないよ」

若い男はカイを追い払うように顔の前で手をひらひらさせた。

小屋を出たカイは丸い月を見上げた。その月が広場を照らし、草の上に木の葉が風に揺れる影を映している。

（あの話の恵の子は、きっと兄ちゃんだ）

ざわざわと葉がこすれる音が、カイの気持ちをいっそう落ち着かなくさせた。

翌朝、入れ墨の男らはひとつ眉に声をかけてから、せせらぎで瓶に水を汲んで、舟に戻ろうとしていた。カイは坂を下って、それを追いかけて叫んだ。

「おじさーん、おじさんたちはお天道さまの昇る海へ向かうの？」

「ああ、そうだ」

「こんど来たとき、おれを乗せてっておくれよ。海の向こうの陸のムラまで」

「だめだ。狭い舟の上で足手まといになる。おまえが舟の上で役に立つような力をつけたら、乗せてやってもいい」

舟をうまく扱えるようにならなければだめなのか。そうなるにはどのくらい暇がかかるだろう、と気を重くしながらも、

「うん。きっとだよ」

岸を離れていく舟の男らに向かって、カイは念を押した。

あとになって考えてみると、いつまた来るともしれない男たちを、舟に乗る鍛錬をしながら待つなんてばかげてる。あの男らは、本気で乗せてくれる気なんかなさそうだったし。やっぱり、隣ムラのチャルを誘って舟で兄ちゃんを探しに行こう。チャルなら舟を操れる。

カイはその足でチャルが暮らす山間のムラへ向かった。男らから聞いた話をして、いっしょにアオネを探す旅に出ようとチャルを誘ったが、チャルの返事は歯切れが悪かった。

「おまえの気持ちはわかった。おれだってアオネを探しに行きたいよ。でもなぁ、カイが聞いた話はただのうわさ話だろ」

「けど、その男の子が来てから、いい土の器を作るようになったって言ったよ。それは、男の子は器づくりが得意だってことだろ？　兄ちゃんが流れ着いたムラで器を作ったんじゃないかな？」

「うーん、アオネは父さんのを手伝ったりして、あの年にしては土の器のことをよく知ってた。でも、それがアオネだとしても、どこを目指せばいいのかわからない」

「お天道さまの昇る海の向こうの陸だよ」

「そんなのなんの決め手にもならない。それに、おれ、これから新しい小屋を建てるために、木を切ったり、穴を掘ったりしなくちゃならないし……」

「なんで？　なんで今頃小屋を建てなきゃならないのさ」

「もう少し先だけど、ハナがおれの許嫁になる。だから新しい小屋がいるのさ」

「ハナと？　チャルとハナが夫婦になるの!?」

「驚いたか？　ハナの母さんが亡くなったのは、アオネが台無しにしたマツリ以来の祟りだって、まじない師に言われたんだ。ハナも同じ目に遭わないためには、あのムラから出なくちゃならないんだ。ひとつ眉がおれの親と相談して決めたことさ」

「祟りなんてこと、あるもんか！　きっと、ひとつ眉はもうじきコマに子が生まれるから、ハナがじゃまになったんだ！　でなきゃ、ハナがおれと仲がいいもんだから、引き離そうとしてるんだ」

「おい、おい、おまえはまだ子どもじゃないかぁ。ハナの相手にはならないよ」

カイが真剣に怒るほど、チャルはへらへらと笑う。

「おれが子どもだっていうんなら、ハナだって子どもだろ。ハナはおれより二つ年が上なだけだ」

カイが目に力を込めてにらみつけたので、チャルはやっと笑うのをやめた。

「ふーん、誰もが気立てのいいハナを好きになる。おまえもハナが好きなんだな。おれを悪く思うなよ。ひとつ眉が決めたことだから」

「ほんとは、ハナは兄ちゃんと夫婦になるはずだったんだ」

唇をかんでこらえていた涙が、カイの目に浮かんできた。

「めそめそするな。カイとハナはいとこ同士。これからもハナには甘えていいんだから」

「そんなことできるわけないよ。ハナはムラを出ていくんだ……。ハナがいなけりゃ、おれ、もう、こんなムラにいたってしかたない！」

「出て行くってのか？」

「そうさ、出て行く。……ふん、なんだよ！　こそこそと、おれの知らないところで、みんなして大事なことを決めてさぁ」

カイは何もかもが嫌（いや）になってわめき散らした。

アオネが消え、トトが亡（な）くなり、育ての親のハナの母親も亡（な）くなって、こんどは従姉（いとこ）のハナまでもいなくなる。カイは今すぐにでもムラを出ていきたかった。

「チャルなんかに、もう頼（たよ）らない。おれ一人（ひとり）で兄（にい）ちゃんを探（さが）しに行く！」

カイはチャルに背（せ）を向けて歩きはじめた。

「カイは舟（ふね）を操（あやつ）ることもできないじゃないか。一人（ひとり）でアオネを探（さが）すなんて、できっこない。やめとけ！」

カイの耳にその声は届（とど）いたが、振（ふ）り向（む）きもせず、落ち葉を踏（ふ）みつけて山を下っていった。


月が四つ巡（めぐ）り、ハナがチャルの許嫁（いいなずけ）になって、ムラを出ていってから間もなくのことだった。

カイが水を汲（く）んで小屋へ戻（もど）ろうとしていたとき、

「話がある。わしの小屋へおいで」

と、ひとつ眉のオサに呼び止められた。

顔色一つ変えずに「アオネは海神さまの元へ行った」と言い放ったオサのことを、カイはどうしても好きになれなかった。話がある、というが、いい話でないのはその不機嫌そうな表情を見ればわかる。

カイがひとつ眉の小屋へ入っていくと、奥ではコマが赤ん坊を腕に抱いたまま眠りこけていて、ひとつ眉は炉端に座って縄をなっていたようだった。

カイがそのそばに腰を下ろしたとたんに、ひとつ眉は口を開いた。

「おまえはアオネを探す旅に出ようとしてるそうだな」

チャルが告げ口をしたのだろう。

「ハナから聞いた」

「ハナから？」

「旅の男らから聞いたうわさを信じて、いっしょにアオネを探しにいこう、とチャルを誘ったそうだな。おまえはまだ、アオネがどこかで生きていると思っているのか？」

やはり口の軽いチャルがハナにしゃべったんだ、とカイは腹立たしかった。

「うん、兄ちゃんは生きてるよ。トトもずっとそう信じてた」

「うむ、そうか。……じつは、わしも生きているかもしれんと思っている」

「へっ、そうなのっ！」

まさか、ひとつ眉の口からそんな言葉が出るとは思ってもみなかった。

「オサという立場にあると本心を隠さねばならぬこともある。あのときはムラの者たちが騒いで、アオネが捧げものになったと言わなければ収まりがつかなかった。おまえの父さんはわしの妹の連れ合い。わしが身内に甘いと思われては、誰もわしの言うことを聞かなくなるからな。おまえたちには辛いことだっただろう」

「……」

(ひとつ眉は自分の立場を守ることしか考えていない。だから、兄ちゃんをろくに探しもしないで、捧げものになったと言った。オサなんて大嫌いだ！)

「しかし、たとえ、わしがアオネは生きているだろうと言ったところで、ただの気休めだ。アオネがなぜいなくなったかはわからんが、わしらが整えた舟と供物が失われて、マツリがふいになってしまった責めは負わねばならぬ。もし、どこかに流れ着いて生き延びていたとしても、あの利口なアオネのことだ、罰当たりなことをしたと責められるとわかっていて、わざわざここへ戻ってきたりはしないだろう。だから、アオネを探すなんてやめておけ」

「でも、……おれは探しに行きたい！」

カイの声に驚いて、コマが目を覚ましたが、にらみ合う二人をみて、また目を伏せた。

「聞き分けのないやつだ。おまえはまだ知らんのだ。この世の中がどれほど広いか。行方の知れないアオネを探し出すことは、途方もない望みだ」

言われて、カイは唇をかんだ。

（そうさ、おれは何も知らない。でも、そんなことどうだっていい。どうしても兄ちゃんを探し出して、トトが兄ちゃんのせいで死んじゃったとわからせてやりたい）

横でコマに聞かれているのが気になった。言い返さないで口をつぐんでいると、カイはふと、聞いておきたいことがあったのを思いだした。

「ねえ、オサ、教えて……。トトの器は悪い器だったの？」

「ん？　なぜ、そんなことを訊く？」

「トトが亡くなる前に、アオネは悪くない、悪いのはわしの器だ、と言ったんだ」

「そうか。あいつは自分の器のせいで、マツリが台無しになったと思ったのか。ムラ人の中にはそのように思った者もいただろう。あいつの作る土の器は美しいが、以前のような力強さはなかったかもしれぬ。だが、ほんとうのところは、わしにもわからん。神さまにしかわからないことだ」

「神さまにしかわからないこと……」

「わしは、若い者が一度ムラの外へ出て、世の中を見てくるのは悪くないとは思うが、十にしかならないカイにはまだ早すぎる。この先ムラの働き手となるカイを失いたくないしな。アオネは戻る気があれば自分から戻ってくる」

「戻る気があるなら、とうに戻ってきてるはずでしょ？」

「もう、よそう。同じ話の繰り返しになる。……ともかく、アオネを探し出すなんて、二度と考えるな。それでも出て行くと言うなら好きにしろ。わしは何の手助けもしないぞ」

ひとつ眉はぴしゃりと両手で膝をたたいて立ち上がり、カイを上から見下ろした。

ここでどんなに口ごたえしても、ひとつ眉の気持ちは変わらないだろう。

（手助けなんてしてくれなくても、おれは出てく。もう二度と戻って来るもんか！）

カイはこぶしを握りしめたまま、何も言わずに小屋を飛び出した。

ハナがカイの小屋を訪ねてきたのは、それからじきのことだった。

縫い取りのある合わせ衣に身を包んだハナの耳の横で、輪に結んだ髪が揺れていた。

「チャルから聞いたけど、一人でムラを出るって、ほんとなの？　父さんも心配してる。チャルに断られて、意地になってるんじゃない？」

「チャルなんか、はじめから当てにしてない。トトに兄ちゃんを探しに行けって言われたから行くんだ。平気さ、遠くまで行く手立ても考えてある」

「カイは意地っ張りなとこがあるから、そう言うんじゃないかと思ってた。……でもね、いくら探してもアオネが見つからなくて、行くところがなくなったら、あたしのとこへ戻っておいで。あたしはいつでも迎えてあげる。それだけは忘れないで。それから、これ。中に木の実や干し魚が入ってる。知らないキノコなんか口にするんじゃないよ」

そう言って、食べ物で膨らんだ袋を持たせてくれた。

ハナのことばに嘘がないのはわかっている。けれど、どうして、チャルの所に行ってしまったハナを頼って戻れるだろう。戻れるはずがない。ハナとはもう二度と会えないだろう。カイは涙をこらえて、手の中の袋をそっと握りしめた。

5　旅だち

カイを乗せた丸木舟は、波しぶきを上げながら、昇ってきたお天道さまに向かって進んでいる。カイは、干し貝とタカラ貝の殻の詰まった籠の陰に隠れていた。頭から被ったムシロのすき間から輝く海原を見つめて、「うまくいった」と心を踊らせている。

カイは、誰の舟でもいい、次にムラに立ち寄った舟に黙って乗り込もうと決めて、そのときが来るのを辛抱強く待っていた。いきなり、不気味な獣の声のする山を越えてゆくのは恐ろしい。舟なら楽に遠くまで行ける。そのあとは、うわさをたよりに歩いてムラからムラをたどって行こうと覚悟を決めていた。

　山に若葉が芽吹きはじめた頃、待ちわびた舟が、物のやり取りのために浜のムラに立ち寄った。翌朝、お天道さまの昇る方にある、川端というムラへ戻ると知ったカイは、カカが遺してくれた背負い袋に食べものと着るものを詰めて、夜のうちにこっそりその舟に乗り込んだ。積み荷の間に身を潜めているうちに眠ってしまい、目が覚めたときには、舟は沖合に出ていたのだった。

　アオネの乗った舟は、潮に流されてお天道さまが昇る方に流されただろう、とトトは言った。同じように海を進んでいけばアオネに近づけるはずだ。カイは「このまま、どんどん進め」と心の中で念じ続けた。

　とつぜん、頭上のムシロが勢いよくはがされた。

「おい、こら！　いつの間に乗り込んだっ！」

　頭巾を被った若い男がカイをにらみつけた。

「ごめんなさい。……お願いだから、おじさんのムラまで連れてって」

「は？　おまえ、浜のムラに居られない訳でもあるのか？」

「悪さをして逃げてきたんじゃないよ。いなくなった兄ちゃんを探したいだけだ」

「へぇ、あのときの……火の子の弟か。器づくりが得意な父さんも亡くなったんだっけ」

男はアオネが起こした出来事を聞き知っているようだった。

「沖に出て潮にのったとすると、うちらのムラよりずっと先まで流されたと思うがね……。まっ、いいいか。勝手についてきたんだし。まさか海に放り出すわけにもいかないし、な」

男は面倒くさそうにため息をついて、櫂を握り直した。

カイは戻されずにすむとわかってほっとした。うまいことムラを出られた。今頃ひとつ眉は、自分がいないのに気づいて舌打ちしているかもしれない。

やがて、

「さあ、着いたぞ」

と、言って、男は舟を小さな入り江に横付けした。

「えっ、もう、着いたの？」

お天道さまはまだ真上にあって、あっけないほど短い舟旅だった。

アオネが流れていったのは、もっとずっと先のはずだ。遠いところまで流れて行ってしまったから戻れないのだろうし、うわさも聞こえてこないのだ。

カイはしょんぼりと、袋を背負って、男について坂を上り、藪の先の小屋へ向かった。

「母さん、戻ったよ」

男は声を掛けて中へ入っていく。

「持ち帰ったのは貝の入った籠と、この坊だ。いなくなった兄さんを探すんだとさ」

すると、奥から赤ら顔の女が出てきた。

「えっ、坊って、この子、男の子なのかい？　おやまあ、やさしい顔だから女の子かと思ったよ。そうか、いなくなった、あの火の子の弟かい。……お腹が減ってるだろ？」

「ほうっておけ。ひとつ眉のオサに、この子の旅行きを助けたと知れたら厄介だからな」

男は荷物を小屋の中へ置くと、

「おい、坊、ひと息ついたら、さっさとどこへでも行っとくれ」

カイを追い払うように手を振って、浜へ下っていった。

「まったく、情の薄い息子だよ」

男の姿が見えなくなると、赤ら顔の女がカイを手招きして、炉のそばへ座らせてくれた。そして、火にかかった深鉢から湯気の立つ汁ものを椀に注いでくれた。

「残り物だけど、これでもお腹に入れな」

「もらってもいいの？」

「心配しなくていいよ。息子はとうぶん戻ってこないから」

カイはひょいと頭を下げて椀に口をつけた。海草のかおりが口から鼻に広がると、ありがたくて、思わず鼻をすすった。

「なんだい、めそめそして。もう、自分とこのムラへ帰りたくなったのかい？」

見ていた女があきれたように言うので、カイは首をいくども横に振った。

「ムラへ戻りたくなんかない。二度と戻らない。おれ、ムラを一つひとつ訪ねて、どうやっても兄ちゃんを探すつもりだよ」

「ふぅん、あんたは、えらいよ。隣ムラのことだけど、なんで誰も火の子を探しに行かないのか、あたしはずっとふしぎに思ってた。父さんは足が悪くて行けないにしても、ひとつ眉のオサはいったい何やってるんだろう、ってね。だって、ゆくゆくはムラを任せるつもりだった甥っ子だろ？火の子は」

「うん、そうだよ」

「とはいっても、あんたみたいな子どもが一人で探すのは大変だ。この世は、あたしみたいなお人好しばかしじゃない。山には人さらいだって出るよ」

「気をつけて行くよ。で、この先のムラまでのこと、わかる？」

「ああ、わかるとも。あたしはこの先の広原ムラで育ったんだから」

「そうか、じゃ、よく知ってるね。行くのに、どのくらいかかるかなぁ？」

「そうだねぇ、ムラまで、あんたの足だと、二つ目の晩に着けるかどうか」

「そんなに遠いのか……」

「まず、海に沿ってお天道さまが昇る方へ進むと、その先に峠がある。峠を越えれば大きな湖。その湖の向こう岸にあるのが、広原ムラだ。その先は海だ。そのムラに着く前に、一つ夜を過ごすことになる。湖の畔に岩穴があるから、そこで夜を越せばいい」

「岩穴に？」

「岩穴の中は暖かだからね。峠から見下ろすとわかるけど、湖の向こう側の陸は、人の腕みたいに海に張り出した岬だ。そこにも人の住むムラがある。ムラの名は忘れたけど広原ムラのすぐ先だ。いかにも舟が流れ着きそうなところだよ。そこまで行ってみると、なにかわかるかもしれないよ」

「ようし、そこを目指して進めばいいんだ」

遠くても目指すところがあれば励みになる。カイは礼を言って立ち上がった。

「ちょっと、こっちへおいで」

女は手招きすると、小さな器を持って、焚き火の燃えかすのそばにしゃがみこんだ。

「寝るときは、獣が寄ってこないように、一晩中、火を焚き続けるんだよ」

そう言って、燃えかすの中でくすぶっていた熾火をまわりの灰ごと掬い取った小鉢を、カイに持たせてくれた。熾火さえあれば枯草や落ち葉で火をつけられる。

「えぇと、それから……、途中で食べるものはあるのかい？」

女が心配そうに念を押すので、カイはハナがくれた食べ物の入った袋をかかげて見せた。

「食べるものはたっぷり持ってるし、焚き火のことも心得たよ」

カイは女に見送られて、平坦な明るい林に足を踏み出した。

足元に野いちごを見つけると口に含んで、気分よく、また歩いていった。

上り坂にさしかかったところで、雨が降り出した。細かな肌にまとわりつくような雨で、なかなかやみそうにない。背負い袋から鹿皮のはおり物を出して、頭から被った。襟元を手で押さえながら歩き続けたが、その姿勢で坂を上るのはひどく骨が折れる。少し先に、大きなもみの木がある。根元が乾いているのを見て、そこで休むことにした。

雨雲がなければお天道さまはまだ高いところにあるはずだが、まるで夕暮れのように薄暗い。くたびれて、お腹もすいている。腰を下ろして、食べ物の袋を取り出した。干した小魚とクルミの実をすこしだけ摘まんで、残りは背負い袋へ戻した。

木にもたれて雨音を聞いているうちに、だんだんまぶたが重くなってきた。

小鳥の鳴き声が頭の上で大きく聞こえて、カイははっとして目を覚ました。

雨は止んで、あたりはぼんやりと明るくなっている。遠くで、きゃきゃっと猿が鳴いた。

ふと横を見ると、そばに置いたはずの背負い袋が草むらに転がって、入れてあったカラムシの服や水の入ったひょうたん、赤ら顔の女が持たせてくれた熾火も灰も散らばって、ハリがくれた食べ物の入った袋がなくなっていた。

「猿めっ、おれの食い物、返せ！」

ハナの心づくしを獲られてしまって悔しくて仕方ない。

それでも、先へ進まなければならない。荒らされたものを拾い上げた。雲の切れめから薄日が差してきたのを見て、峠へと登りはじめた。

袋の中には自分で用意してきたどんぐり餅も入れていたので、もう、カイの背負い袋の中に、食べられるものは木の実のひと粒さえ残っていなかった。

どうしよう、どうしよう、と、何の考えも浮かばないまま、下を向いて藪の中を進んできたが、峠まで来ると、とつぜん目の前が開けた。

空が広い！　陸も広い！　川端ムラの女の人が話してくれた峠だ。カイは立ち止まって、どこまでも続く空を見上げ、広々とした陸と海を見渡した。この果てしない空の下のどこかに兄ちゃんはきっといる、とカイは思う。山を下りきったところに大きな湖。その湖の向こう側にかすかに青い海が見えた。たしかに湖の向こう側の岬は、舟が流れ着きそうな形に海に張り出している。傾きかけた陽が湖面に反射してまぶしい。獣が出る山の中を、暗くなる前に抜けたほうがいい。できるだけ早く下って、日暮れまでに湖で魚を捕って食おう。カイは袋を背負って、また歩き出した。

山をいっきに下るとどっと汗が出た。行水でもしたい気分だ。ずんずん湖が近くなる。大きな湖だ。向こう岸にムラがあるといっても、遠くて見えない。立ち止まって、崖に目を走らせると、いくつかの岩穴がみつかった。

「やったぞ！」

ひと晩、体を休めることができる、と、カイは近くの岩穴へ走った。そこに、荷物を下ろすと、着ているものを脱ぎ捨てて、湖の浅瀬で足を浸して魚を探した。思ったよりも深い。つけていた腰布を網代わりにして、浅瀬をちょろちょろと動き回る雑魚を追ったり、底の石の下を探ってみたりしたが、すぐ逃げられてしまう。川では石で流れを堰き止めて、魚を追い込んで手づかみにできたのに、湖では追えば追うほど、足の届かない深い所へ逃げてしまう。腰まで水に浸かって追ってみても、雑魚一匹捕れなかった。

（仕掛けさえあればなぁ……）

仕方なく岸に上がって腰布を身につけた。

陽のあるうちに、腹の足しになるものを探したい。藪に分け入って目を凝らす。ワラビやゼンマイはもう伸び切って食べるには硬すぎる。さらに進んで行くと、笹竹の茂みに行き当たった。

竹の子だ！　今なら地面から顔を出したばかりの柔らかな芽が食べられる。カイは落ちていた石を使って、笹竹の根元を掘った。先を握って捩じ切ると、みずみずしい香りがほとばしる。たまらず、皮をはいでそのまま食いついた。

「うまい！」

夢中で、次から次へと掘り出した。

十ほども掘ったとき、早くも、お天道さまは山の向こうへ沈みかけていた。

カイは岩穴へ戻り、熾火で火をおこして集めた枝を燃やした。

「まあいいさ。魚はないけど、夕餉は竹の子だ」

竹の子を火であぶって食べて満腹になると、だんだん眠くなってきた。

カイは岩穴の入り口で燃えている火に枯れ枝を足して、奥で体を丸めて眠りについた。

翌朝、岩穴で目を覚まし、湖で水を飲んでいるところへ、肌の浅黒い少年が
「ケケケ」

と妙な笑い声を立てながら近づいてきた。

「誰？」

カイはびっくりしてとびのいた。

髪を後ろで一つに束ね、腰布をつけているだけだ。年はカイより下にみえる。

「オマエ、タケノコ　パクパク。ケケケ」

少年は竹の子をぱくつくまねをして、また笑った。

「おまえ、誰？　夕べ、おれが竹の子を食ったのを見てたのか？」

「オレ　キチ。ココ、トキドキ　クル」

「キチ？　おまえ、この岩穴で暮らしてるのか？　それにしても、変なしゃべり方」

少年はカイが食べきれなかった竹の子を目ざとく見つけて、指さした。

「コレ　アゲル、ムラ　ヒト　ヨロコブ。オマエ　ヒト　トモダチ」

「そうだね、世話になるムラへ持っていけば、喜ばれるね。ともだちになれる」

キチは、うんうん、とうなずいた。

「オマエ　サカナ　クイタイカ？」

「そりゃ、食いたいさ。でも、もうここでは捕らない。おれ、湖は慣れてないから」

そう言って岩穴の方へ戻ろうとするカイの腕を、キチが引っ張った。ヤマブドウのようなつぶらな瞳でカイを見つめて、身振りで自分についてこいと言っている。

「待てよ。いったい、おまえ誰なのさ？　おれより小さいくせに、知った風なことばっかり言ってさ」

「サカナ　クワセテヤル」

「どういうこと？　おれのこと、からかってるのか」

カイは腹が立ったが、キチが何者なのか知りたくて、あとをついて行く気になった。

キチはずんずん藪に入って行った。黒い小さな石の刀を使って、山椒の木の皮を次々にはぎ取ってカイによこした。カイの両手がいっぱいになると藪から出て、湖岸の岩のくぼみに木の皮を押し込んだ。湖からすくった水をくぼみに満たしたところへ、焚き火の中で焼いた石で上から押さえつけた。ジュッと湯気が上がり、みるみるうちに山椒の皮の色が濃くなって、ひりひりするような匂いが辺りに広がった。

それから、キチは岸辺で拳ほどの丸い石を拾ってきて、それで蒸された木の皮をつぶして団子に丸めた。十ほどできた団子を持って、湖の淵の淀みの前で立ち止まった。

「ここ、深そうだね」

淀みは日陰になっていて、いかにも魚が潜んでいそうな所だ。

キチはしゃがんで、持っていた団子を静かに一つずつ沈めていく。ぜんぶ沈め終わると、カイを見てにっこり笑った。

「サカナ　クワセテヤル」

二人は息を殺して淀みを見つめた。やがて、小さなフナが白い腹を見せて、ぷかりと浮かび上がった。そして、あとからあとから、大小のフナやドジョウが浮いてきた。

「オマエ、ココ　オサエル」

キチは自分の腰を指さした。カイに、淀みに落ちないように腰をつかんでいろ、と言っているらしい。キチは淀みに身を乗りだして腕をいっぱいに伸ばし、しびれて動けなくなった魚をつかんで岸へ放り投げた。

「すごいぞ、キチ！　どこでこんなこと覚えたの？」

カイは笑いが止まらなかった。

それから、二人は岩穴の近くで焚き火をして、獲れた魚を焼いて食べた。

「おまえ、一人で暮らしてんのか？」

カイが訊くと、キチはこくりとうなずいた。親兄弟は死んでしまったのだろうか。

「じゃ、どこから来たの？」

キチは湖の果ての、そのまた先の遠くを指さした。海の向こうという意味だろう。

それから、おまえはどうなんだとでも言うように、キチはあごをしゃくった。

「おれはね、海の向こうへ流れていった兄ちゃんを探してるんだ……」

口に出すと、カイは自分があてのない、むちゃな旅を続けているように思えて、急に悲しくなって涙が出てきた。

キチはカイの目を覗き込んで、「ケケケ」と自分の唇の端を指で持ち上げて見せ、天を指さした。

（泣くなと言ってる。上を見て元気を出せ、とキチは言ってる。そうだ、いつかきっと、兄ちゃんに会える）


ふるさとのムラを出たとき細かった月が、今海の向こうの夕暮れの空に、まん丸い姿で現れた。その月に届くほど高く煙が上がっている。崖の上にあるムラの焚き火に違いない。最初に立ち寄った川端ムラで教えられた、広原というムラだろう。兄のうわさが聞けるかもしれないと思うと、力が湧いてきた。

今朝、湖畔で食べきれなかったフナと竹の子を、キチと半分ずつにした。キチにカイの分も木の枝に刺してもらって、岩穴の前でキチと別れた。フナと竹の子がぶら下がった枝を肩にしょって、そこから湖の反対側まで歩き通してきたが、歩いている間じゅう、ずっと、一人でたくましく生きるキチのことが頭から離れなかった。

ムラで暮らしているときは、ひとつ眉のオサたちが捕ってきた食べ物を分けてもらい、獣からも守られていることに気づきもしなかった。ムラから出たら誰の指図も受けずに気楽なものだ、と思い込んでいたけれど、一人でいると、キチみたいに、何から何まで自分の力でやり通さなければならないのだ。

小さな入り江から崖を上って行ったところは、広く平らで、その名のとおり、草がぼうぼう生えた広い原っぱだった。片隅で火を囲んでいる女たちが、深鉢の中で魚か何かを煮ているようだ。その近くに真っ白い髪を背中で束ねた年寄りが腰を下ろしている。その年寄りが立ち上がって、自分は「ましろ」と呼ばれているムラの長老だと言った。

カイは
「おれ、カイと言います。今晩、泊めてもらえませんか?」

と、言って、枝に刺したフナと竹の子を手渡して、ここまで来たわけを話した。

「ほう、兄さんが一人で流されたのか？　十五くらいと言ったな。……いや、この先の湖の近くの海に、少年が流れ着いたことがあるにはあったが、おまえが探している兄さんとは別人だ。その子はせいぜい八つくらいだし、家族といっしょに流れ着いたのだから」

「もしかして、それ、キチのことですか？」

「ああ、そうだ。あの子に会ったのか？」

「ええ、さっき渡したフナは、キチが捕ってくれたんです。世話になる人に渡すといいって」

「おう、キチ坊は元気か。それはよかった。……あの子は、うちのムラの者が海辺で見つけたのだ。家族四人が乗った舟が流れついておったが、両親と幼い妹は力尽きていて、あの子だけに息があった。このムラへ連れてきて介抱し、元気になった。しかし、ムラで暮らすのを嫌がってなぁ。岩穴で勝手気ままに暮らす方がいいというのだ。自分の食べるものくらいは自分で捕る、とな」

「そうだったのかぁ。やっぱり、家族はいないんだね。でも、そんなふうには見えないんだよ。ケケケって笑ってばかりいるんだもの」

「泣いてばかりじゃ、食っていけんからな。いや、たしかに、あの子は芯の強い子だ」

「おれの兄ちゃんも、キチみたいに、どこかで元気でいてくれたらいいけど……」

芯の強い子なら生き延びられる、とすれば、兄はまさに強い子だと、カイは思う。

「元気でいてくれなきゃ、おれの気持ちを伝えられない。だから、元気でいてほしい」

「ほう、おまえさんの気持ちってなんだ？」

訊かれて、カイははたと考えた。

「ひと言じゃ言えないよ。父さんとおれとを辛い目に遭わせた兄ちゃんが憎らしい。けど、どこかで生きてて欲しいんだ。兄ちゃんのことが好きだったから……」

「そうか、そうか。兄さんも元気でいてくれたらいいがな。キチ坊もずいぶん遠くから流れてきたようだ。話してわかっただろう？　今は少し覚えたが、はじめはわしらの言葉をまったくしゃべることができなかった。が、今は困らない。ときどき、湖で捕った魚を持って顔を見せてくれる。助けてもらったわしらに感謝しとるのだろう」

ましろは嬉しそうにうなずいてから、海の方にゆっくり目をやった。

「兄さんのことは、向こうの岬へ渡って話を聞けば、何かわかるかもしれんなぁ。今は曇ってよく見えんが、向こうに雲読の岬がある。その岬の丘に雲読のムラという大きなムラがあって、舟を何艘も持っておる」

カイは言われた方へ目をこらしたが、沖にかすかな暗い影が見えるだけだった。峠から眺めたときに、海に張り出した腕のように見えた岬のことだろう。

「くもよみ、って?」

「吹く風や空の雲を見て、空や海がこの先どうなるかを言い当てることだ。雲を見る術は、親から子へ代々受け継がれている。今は雲読のトシと呼ばれる男が引きついで、ムラ人から慕われておる」

ましろが言ったとき、ゆらゆらと地面が揺れた。

「あっ!」

カイは思わず頭を抱えてしゃがみ込んだが、揺れはすぐにおさまった。

「このところ、こんな揺れが度々ある。何か悪いことの前触れでなければいいがなぁ」

ましろは声を落として両腕を抱えた。

夜中に降りだした雨が、翌朝も降り続いた。カイは入れてもらったましろの小屋で過ごすしかなかった。

ましろとその息子は、草の葉を奥歯でしごいて、手際良く筋を取り出している。その紐を、息子の嫁が足の指に二本からげておさえ、両手をこすり合わせてくるくると撚って紐にしていった。

カイはすることもなく、膝を抱えてその手仕事を見ていた。ましろは苦しそうな咳をして仕事の手をとめると、器の水を口に含んでカイに話しかけた。

「それにしても、年端もゆかぬ子が遠くから、よくここまで来なさったなぁ。でも、まあ、苦しんで歩いてはじめてわかることもある。川を下れば海があり、丘を登れば森がある。川や森をいくつ越えても、空は果てしなく広がっておる。……ちがうか？」

ましろは落ちくぼんだ小さな目をしばたたいて歌うように言った。

「うん。歩いてみて、世の中は広いってことがわかってきた」

そこまで言って、カイはひとつ眉に言われたことを思いだした。

「この広い世の中でいなくなった兄ちゃんを探すのって、途方もない望みかなぁ？」

「うーむ。大それた望みとは思うが、途方もない望みとまでは言えんな」

どう答えていいかわからず、カイは口ごもった。

「ともかく、望みを持ち続けることさぁ。……雲読のムラへ行ったら、トシに見立ててもらうといい。トシはものごとを見通す力があるでな」

と、ましろはつづけた。

「そうか。じゃあ、おれ、大それた望みを持ち続けるよ」

カイは嬉しくなって、

「その仕事、手伝わせてください」

と、思わず口走った。

いくつかの夜が過ぎても雨が降り続き、そのあいだ、カイは小屋の中で、ずっと草の葉をしごく手伝いをしながら過ごしていた。

が、さすがに二つの晩を過ごした頃、カイは体を動かしたくてうずうずしてきた。草で編まれた網を借りて、雨の中へ跳び出して、カエルの鳴き声のする草むらへ入っていった。

しばらくして、カエルで膨らんだ網を小屋へ持ち帰ると、ましろの家族は、

「腹の足しになる」

と、喜んでくれた。

翌朝、ようやく雨が上がり、ましろの息子が舟で、カイを雲読の岬まで送ってくれた。外海に張り出した岬の丘は、木々が青々として豊かだ。波がまともに打ち寄せて、砂浜に海草や流木が打ち上げられている。舟もこんなふうに流れ着くことがありそうだ。

砂浜を歩いて行くと、追いかけっこをしている子らがいて、その中にアオネによく似た男の子がいた。

「兄ちゃん……」

つい声を上げたが、違った。その子はせいぜい十くらいだろう。別れた頃の兄はあのくらいの年格好だったが、今はずっと大きくなっているはずだ。

その先には海草や魚を天日で干す人の姿があって、彼らはカイを珍しそうにじろじろと見た。働き盛りの男女と、彼らにまとわりつく幼い子らがいる。久しぶりに晴れたので、せっせと食べものを集めているのだろう。

カイはその人たちに近づいていって、いなくなった兄を探していると話すと、みんな熱心に聞いてくれた。そして、そのうちの一人が身振り手振りを交えて話しはじめた。

「前に、こわれかけた舟で流されてきた男がいたが、すでに息絶えていた」

「男って、おとな、でしょう？　子どもではなかったんでしょ？」

カイはそれが兄ではないことを祈りながら訊ね、

「ああ、ひげの生えた、おとなだった」

と、聞いて胸をなで下ろした。

「それから……、言葉の通じない男が二人、舟で流されてきたこともあった」

「そうだったなぁ。水が欲しかったらしく、泉で水を汲んで、また舟で出て行った」

ムラ人らは思いつくまま、よそから流れて来た者の話をしてくれたが、アオネにつながるものはなく、話が出尽くしたところで、ムラ人らは元の仕事に戻っていった。

(ここまで来て、兄ちゃんのうわさがないのはなぜ？　舟が途中で沈んじゃったから？　いや、そんなことあるもんか)

カイが両手で頭をかきむしったとき、目の前に、子鹿のような、くりくりした目の少女が現れた。膝の見えるかぶりの服を着て、腰にヒモを巻いている。

「ねぇ、こっちへおいで、父さんが呼んでるよ！」

「父さんって？」

「雲読のトシ、のこと」

カイを手招きして、丘の方へ駆けだすと、少女の束ねた髪が勢いよく背中で跳ねた。

なぜ、少女が迎えに来てくれたのだろう。誰かが遠くからカイを乗せた舟が着くのを見ていたのだろうか。

浜から丘へと、人に踏み固められた道が続いている。海風が吹きつける草地に、夕焼け空を写し取ったような色の小さい花が一面に咲いている。この花はふるさとのムラにも咲いていた。草地や藪につるを伸ばして広がって、花が終わると細い月のような形のサヤがつく。食べるととてもうまい、つる豆の花だ。遠く離れた場所でも生えているものは変わらない。人だって根を生や

せばどこの場所でも生きていけるのかもしれない、とカイは思った。

カイは弾むように進む少女の後を追って、きょろきょろしながらついていく。草地を過ぎ、茂みを抜けると目の前に、人の手が入った青々とした台地が広がっていた。振り向けば、穏やかな内海と白波の立つ外海が臨めた。目をひくのは中央の広場だ。真ん中に大きな石、それを取り巻くように、石を数カ所に寄せ集めて並べてある。その石の環の外側に高床の倉と、十ばかりの小屋が広く散らばって建っている。小屋の裏手には、原野を切りひらいて栗やクルミを植えた原が広がっているようだ。ここには、今まで見たどのムラにもない豊かさがある。そのせいか、行き交うムラ人の表情も穏やかそうにみえた。

先を行く少女がいきなり立ち止まって、カイを振り返った。

「あなた、年はいくつ？」

カイが
「十一」

とだけ答えると、少女は、

「へっ、あたしと同い年！」

と、目を丸くして、広場の奥の大きな小屋の中へ姿を消した。

少女と入れかわりに、背筋の伸びた堂々とした体つきの男が現れた。

「さあ、中へ入りなさい」

朱の縫い取りのある頭巾の下から、カイに鋭い眼差しが向けられた。

（この人が、先を見通すことのできる雲読のトシか……。何を言ってくれるだろう）

小屋は広く、煙出しから差し込む光で、天井部分に組まれた棚の上に、木の皮がどっさり干してある。

「われが、このムラのオサのトシだ。さあ座りなさい。……どうかな、このムラは？」

トシはよく通る低い声でカイに尋ねながら、あぐらをかいたので、カイはその向かいのムシロの上に膝をそろえて座った。

「驚きました。大きなムラで。それに、とっても気持ちのいいところです」

「おう、そうか。おぬしは感じる力をしっかり持っておるな」

トシは切れ長の目尻にほほえみを湛えて、ゆっくりと話し続ける。

「きれいだ、とか気持ちがいいとか感じるものは、自分にとって大事なものなのだ。われらは山や森、草木を心地よいものと感じる。魚や木の実を食べればうまいと感じる。それらはわれらの命をつなぐ、益のあるもの。赤ん坊を見てかわいいという気持ちが自ずと湧くのも、子がわれらの宝である証。元々、人はそのようにできている」

「はぁ……」

カイは、なぜここで、赤ん坊の話が出てくるのかよくわからなくて首をひねった。

「少し話が飛びすぎたかもしれぬが、いずれ、おぬしにもわかるだろう。……ときに、ここには珍しい物があるだろう？」

トシはカイの答えを待っているようだ。

「あぁ、そういえば、広場にあった石、あれは何ですか？」

「石の下には墓がある。マツリのときには、石を深い谷の河原から運び上げて、祖先の霊をまつり、変わらぬ山海の恵みを祈るのだ。石を積み終わることはない。星々が巡る度に、一つ、二つと積み重ねていく。ムラ人が心を一つにして、変わらず天に願い続けていくことがわれらの務めなのだ」

「はぁ……」

トシの話がわかりにくくて、カイは足をもぞもぞさせた。

ふと気づくと、トシと同じような頭巾を巻いた少女が、カイのすぐそばに立っていた。小屋まで連れて来てくれた小鹿のような少女とは別の、長い髪をうしろに垂らした少女だ。いつの間に小屋へ入ってきたのだろう。それとも、はじめから小屋にいたのだろうか。

カイがきょろきょろしていると、その少女は、手のひらを上へ向けて、両腕を前へ突きだすようなおじぎをしてから言った。

「雲読のトシの上の娘、モモといいます。そして、こちらが妹のセン」

モモは小鹿のような少女を指さした。あらためて近くで見ると、センは父親に似た細面で、くりくりとよく動く目が愛らしかった。

娘たちの母親は、センが赤ん坊のときに病気で亡くなった。それからは、娘たちと三人でこの小屋で暮らしている、と、トシが話してくれた。

「娘らとは年も近い。困ったことがあったら、何でも訊くといい。……ときに、おぬしは兄さんを探しているようだが、なにか役に立てるかもしれぬ。いなくなったときの様子をできるだけ詳しく話してごらん」

カイの旅の目的をトシは話す前から知っていた。人の心を見抜く力があるのだろうか。カイはふしぎに思いながら、トトの土の器や海神さまのマツリのことからはじめて、アオネがいなくなった夜のこと、弓なりになった浜の形など、思いつく限りを答えた。

トシは姿勢を正して坐り直し、目を閉じた。頭の中で何かを思い描いているらしく、閉じた薄いまぶたが小刻みに動いている。そして、ぱっと目を見開いた。

「大海を漂った小舟は、彼方へ流されて、ここよりもっと先の浜辺に流れ着いた……」

「兄ちゃんは、生きていますか？」

カイは思わず腰を浮かせた。

「うむ、頑丈に作られた舟に守られ、供え物の食べ物のおかげで生きて陸に流れ着いただろう。だが、体の弱った子が生き延びるのはたやすいことではない」

「もしも、誰かに助けられていたら？」

長女のモモが横から口をはさんだ。

「そうだ、モモ。人に助けられ介抱されていたなら、生き延びているだろう」

「おれ、ムラにいるとき、よそから来た人から、お天道さまの昇る海の向こうの陸に、流れ着いた男の子がいて、そこで土の器を作ったと聞きました。その人は、ただのおとぎ話だと言ってたけど……」

カイはそこまでいっきにしゃべった。

「そのうわさは、われも聞いている。おぬしの話を聞きながら、そのうわさの子がおぬしの兄さんかもしれぬと思った。土の器づくりの心得があるというのもつじつまが合う」

「そうですよね。おれも、おとぎ話なんかじゃないと思ってた」

「それ、兄さんのことだといいね」

聞いていたセンがつぶやいたが、トシは残念そうに首を横に振る。

「いや、しかし、土の器というものは、土地に古くから伝わり、ムラ人の心を一つにする大切なもの。よほどムラ人らが心を許していなければ、よそから来た少年に託すことはあるまい。話を面白くするために、付け加えられたとも考えられる。うわさ話には頭もしっぽもないからな」

「えっ、うわさ話に頭としっぽ？」

「うわさ話の出どころは、はっきりしないということだ。話が伝わっていくうちに加えられたり抜け落ちたりするものだ。とにかく、大切なのは、兄さんにつながるもっと確かなことがらを集めることだ」

「どうやって？」

と、カイは訊いた。

「黒石山へ行くといい。カラス石が採れる所には遠くから人が集まって来る」

「カラス石、って、矢じりにする石？　故郷では黒石って呼んでたけど」

「そうか。皆それが欲しくて、方々から人が集まってくる。カラス石を山から集めて、手を加えてヤジリという刃物にする加工場もある。だが、われは遠からず、黒石山の方角にあるハゲ山が火を噴く、とにらんでいる。巻き込まれたら命はない。だから、ここに留まってしばらく様子を見るべきだ。その間、われの弟二人が使っている小屋で寝起きするがいい。そうすれば、ここの暮らしにも早く馴染めるからな」

「えっ、でも、おれ……」

思わぬ方へ話が進んでいる。カイは戸惑っておろおろするばかりだ。

「遠慮はいらぬ。子は宝。よその子でも放ってはおけぬ。モモ、案内してあげなさい」

トシに言われて、耳飾りをつけた長女のモモがすっと立ち上がり、先に立って案内してくれた。

「水場は崖の下。叔父たちは栗の林に入っているから、今は小屋には誰もいないわ。夕餉のしたくができたら呼びます。それまで、休んでいてください」

と、言って、モモが立ち去りかけたとき、

「山が火を噴くって、トシはなぜわかるんだろう？」

カイは独り言のようにつぶやいた。

「父さまはこれから起こることが見通せるのよ。それに、あの山は父さまが子どもの頃、火を噴いたことがあったという恐ろしい山。近頃、大地の揺れが多いし……」

と、モモは振り返って遠くの山に目をやった。

「そう、そう、広原ムラでも揺れたっけ」

カイはましろたちと過ごした小屋でのことを思いだす。

「でも、どうやってトシは先のことを見通すの？」

「これまでに起きたことを考え合わせて、思いを巡らせる。空の雲や風の音、鳥たちの動きから風の向きや強さを知り、夜空の星のまたたきで大気の揺らぎを知るの。ある土地では、父さまのように万物の訳を知る人を、日知りとか、ひじりと呼ぶそうよ」

年若いモモが、大人びたことをすらすらとしゃべるのに、カイは驚いて目を見張った。

「ふふ、驚かないで。あたし、雲読の跡継ぎになることが決まっているの。父さまからいろいろ教えてもらっているから詳しいのよ。ほら、これがその印」

モモは頭巾の朱の縫い取りを指さしてから、腕にはめた、きらめく貝の腕輪に触ってカラカラいわせた。

カイはますます圧倒されて声も出ない。返事の代わりに、ぴょこんと頭を下げて、小屋の中へ入った。

中は獣の毛皮の匂いがした。柱には草で編んだ籠や、鹿の毛皮などが掛けてある。

（まあいいや。ここでなら、ゆっくり休めそうだ。それに、人に助けられていれば、兄ちゃんは生き延びているはず、とトシは言ってくれた。……山が火を噴くって、気になることを言ってたけど、さすがにそんなこと起こりっこないさ）

カイは上機嫌で、一段高くしつらえられた寝床にごろりと横になった。

うとうとしかけたとき、ゴーッという音と共に地面が大きく揺れた。小屋の柱がきしんで、柱にかけてあった籠が落ちて転がった。外で悲鳴が上がる。

カイは這いつくばって小屋の外へ出て、頭を抱えてうずくまった。

ゴーッ、ゴーッと不気味な音がだんだん大きくなってきた。

（あぁ、どうか鎮まって……）

「あー、山が火を噴いた！」

誰かが叫んだ。

見ると、連なる山の一つから、赤い噴煙と黒い煙がもくもくと上がっている。

（山が火を噴くなんて……。トシが言ったとおりになっちゃった……）

広場に血相を変えてムラ人らが集まって来ている。そこへ、トシが険しい顔で歩み出た。

「落ち着け！　ハゲ山が火を噴いたが、あわてることはない。地の揺れもじき収まる。煙を吸わぬよう、しばらくは小屋に入っているように！」

「ほんとうに、ここにいて危なくないのか？」

と、トシに詰め寄る者もいる。

「言い伝えでは、ハゲ山が火を噴いたときの害は、降った灰によるものだけだった。力のある者は小屋に積もった灰を払い落とせ。雨が降ると重さが増してつぶれてしまうから」

トシの言葉を聞いて、女や子らは手を取り合って小屋へ逃げ込んだ。

カイには身を寄せ合う相手もなく、一人でよろよろと立ち上がって歩き出した。火を噴いたハゲ山は、まさにカイが目指す方角にある。いつまた大きな揺れが来るかびくびくしながら、ここに留まることになるのだろうか。

（あぁ、大変なことになっちゃった。早く兄ちゃんを探しに行きたいのに、なんでこんなことになっちゃうんだよう……）

カイは小屋に戻って、転がっていた籠を思い切り蹴飛ばした。

雲読の術を使うトシは山の噴火を言い当てた。だったら、アオネに関わる見立ても間違っていないはずだ。カイはじっと小屋の中で身を固くして、そんなことを考えていた。

日が暮れかかった頃、カイは小屋の出入り口から外をのぞいてみた。もう灰は降ってこないが、相変わらず山からは白く噴煙が立ちのぼっている。

向こうから、肩幅の広い大きな男と小柄な青年がやってきて、長い笹の枝を出入り口の脇に置いて小屋に入ってきた。この二人が、雲読のトシからいっしょに寝起きするように言われた弟たちだろう。

「あんたがカイだね。トシ兄から聞いたよ」

涼しい目をした小柄な青年が炉端に座り込んだ。熾火に息を吹きかけて火を起こしながら、

「干し魚を持ってきたからいっしょに食おう」

と、目を細めてカイに笑いかけてくれる。

「われは、トシの末の弟のシュン、二十。そして、こっちがすぐ上の兄、ゴン兄。弓使いのゴンって呼ばれてる。すぐ上といっても、われより、十も上なんだ」

カイは、縮れた髪を腰まで伸ばしたいかついゴンの顔と、シュンと名のった青年のさっぱりした顔を、思わず見比べた。

「来た早々こんな目に遭うなんて、ついてないね」

シュンは目の前を横切ったハエを、片手でひょいと叩き落してから、干し魚を一切れカイにくれた。

「蓄えのマスだ。川も灰にやられたから、当分、食えんぞ。せいぜい味わっとけ」

ゴンはぶっきらぼうに言って、

「カイとやら、年はいくつだ？」

と、上目遣いにカイを見すえた。

「十一になりました」

「で、得意なことは？」

「カエルを捕ることです！」

「カエルねぇ」

ゴンは伸びた爪でがりがり頭をかいて、ため息をついた。

「寒い間カエルは土の中だ。そのとき、おまえはひもじい思いをするわけだ。つぶて一つで川魚を仕留めることくらいできてもいい年だがな」

「……」

「弓矢を使って狩りをしたことは？」

「ありません」

「これから覚えればいいさ」

と、シュンがかばってくれる。

「シュン、こいつを甘やかすな。ただでさえ、こんなときは食い物が足りなくなるんだから。それから、カイ、おまえに訊くが、わしらは今まで外で何をしていたと思う?」

「さぁ?」

「へっ、のんきなもんだ。わしらはなぁ、小屋に積もった灰を笹で払っていたんだ。灰まみれになって。……おまえも、こんどから手伝うんだ。もう、なんにもできない子どもって年じゃない。働いた分だけしか食えないと思え」

ゴンはカイにきっぱりと言い渡して、ごろりと横になった。


心細い夜が明けた。外へ出て周りを歩くと様子は一変していた。豊かそうに見えたムラが、見渡す限り灰をかぶって色をなくし、川から水を引いた水場は塞がれていた。

アオネを探さなきゃならないのに、こんな所に留まっていちゃだめだ、とカイは思う。

「おい、山の様子を見に行くぞ」

カイは、いきなりゴンに背中を突かれて、シュンといっしょにそのあとを追った。

(そうだ、この目で見なくちゃ。噴火したって、どこかに向こうへ通じる道があるはずさ)

カイはハゲ山を見渡せる高みまでついて行って、「あっ」と息をのんだ。

(山は生きてるんだ……)

てっぺんに、煮えたぎった湯のように蠢く赤黒い物がかすかに見え、そこから流れ出た幾筋かのあとが、ハゲ山の岩肌に汚れた涙のあとのようなしみになっている。

その赤黒い不気味なものは山肌を伝い、裾野に広がって藪を押し倒し、池に迫っている。その一帯に立ち入ることも近づくことも、到底できそうになかった。

「戻るぞ。ムラからいったん離れるかどうか、考えどころだな」

ゴンは衣の裾を翻して、坂を下りながらシュンに話しかけた。

「そうだね。また山が火を噴くかもしれないし」

「倉の蓄えを小出しにして食いつなぎながら、水や食い物を遠くまで獲りに行かねばならんな。いや、灰の降ってこない場所を探して移り住むのが先か？　……決めるのはトシだ」

二人はムラの一大事について話している。でもカイは、兄を探す旅を続けるために、ここから離れることしか頭になかった。ハゲ山の方角を抜けてお天道さまの昇る方へ向かうのがだめだとわかると、他に手立てはないかと考えた。

「ねえ、舟を使って海からよそへ行くことはできる？」

カイが訊(き)くと、ゴンが眉(まゆ)をつり上げた。

「なんだと？　こんなとき、海は大きな波が押し寄(およ)せるものなんだ。それも知らんのか！」

「じゃ、おれ、ここに居るしかないの？」

「そうだ。それとも故郷(クニ)に戻(もど)るかだ」

言われて、カイは下唇(したくちびる)をかんだ。ぜったいに故郷(クニ)には戻(もど)りたくない。かといって、岩穴(いわあな)で暮(く)らしていたキチのように、たった一人(ひとり)で生きていくなんてできはしない。カイはここに留(とど)まって、先へ進めるときを待つしかないと諦(あきら)めた。

6 ハゲ山へ

大きな噴火のあとも、ハゲ山は小さな噴火を繰り返した。空を覆う煙のせいで、しじゅう薄暗く、地面は灰に覆われていた。実りの季節になっても、栗やドングリは実らなかった。倉の蓄えだけに頼っていては、じきに尽きてしまうと考えて、ムラの働き手はみな朝早くから、被害のない遠くまで足を延ばして、鳥を撃ったり、獣を追いかけたりしていた。カイも弓使いのゴンに弓矢を持たされてついていったが何もできず、足手まといになるみじめさを嫌と言うほど味わっていた。

森に若葉が目立ちはじめた、ある朝のこと、

「マスが川を上ってきたぞぅ」

外で誰かが叫んだ。カイは同じ小屋で暮らすゴンとシュンと連れだって、急いで川へ走った。

カイは川岸まできて、「あっ」と口を開けたまま立ち尽くした。

ひと抱えもある魚が、背びれをくねらせながら、われ先に浅瀬を逆上ってくる。海で大きくなったマスが、生まれ育った川に戻ってきたのだという。

山の噴火以来、生気をなくしていた川と大地がとつぜん輝きだしたようだ。

「ありがたい。天の恵みだ」

ゴンとシュンは身につけていた衣を岸辺に脱ぎ捨て、川へ入ろうとしている。カイもそれをまねて腰布だけになった。

ムラ人らは男も女も浅瀬に入って、魚をやすで仕留めてつかみにかかった。はじめは驚いて声も出なかったカイも、
※やす（籍）…長い柄があり、獲物を突き刺して捕らえる漁具。
「そーら、そら、そら」

と、かけ声を掛合いながら、皆と力をあわせて魚を追い込んでつかみ取った。必死に川を逆上

る魚を相手に、カイの血はたぎった。

やがて、トシが採れたマスの山を見て言った。

「もう、しまいにしよう。マスと川がくたびれぬうちに」

ムラに戻って、皆で採ったマスは半身にして干して蓄えた。もう、以前のように食べ物を得るための遠出をしなくてもよくなったのが、カイは嬉しかった。

そんな朝早く、カイは小屋の外から大声でゴンに呼ばれた。

「カイ、弓と矢と斧を持って、おれについてこい」

寝床で目覚めたばかりのカイは、大慌てで弓矢を肩にかついで、斧を手にもち、ゴンの後を追った。

カイは覚えかけた弓矢の技を、弓使いのゴンに教わりたくて仕方がなかったが、これまではゆとりがなくて教えてもらえなかったのだ。

道々、ゴンはなぎ倒された草むらを指さして、

「よく見とけ。これが獣の通った跡だ」

と、カイに教えてくれる。

「森で迷わないように、地面の起伏や生えている木の形を覚えておけ」

と、言って森に入り、無駄のない動きで獲物をしとめられるように、立ち木に向かって、繰り返し矢を放たせた。

それが終わると、灰にやられた枯れ木を切り倒してムラまで引いて戻り、石斧を振るって薪にする。汗をかきながら仕事を続けるうちに、カイの胸の厚みは増し、腕はひと回り太くなった。

山の噴火から、三つ目の実りのときを迎えようとしている。小さいながら栗が実をつけた。森の枯れ木が取り除かれ、広場や水場の灰が片付いて、ムラ人らはふだんの仕事に戻りはじめた。

嵐が去って強い風がしずまった朝、広場の隅で、器を焼く野焼きの火が焚かれた。

山で採れるキララと呼ばれる輝く石を土に混ぜて作った器を、山鎮めのマツリに供えるという。

燃え上がる炎の向こうに、赤く熱せられた土の器の形がゆらゆらと浮かび上がっている。

「カイ、ぼんやりして、なに考えてたの？」

しゃがんで炎に見とれているカイのところへ、トシの末娘のセンが近寄ってきた。

「兄ちゃんと野焼きで薪を運んだことを思い出してた」

「兄さんと仲良しだったたんだね」

「うん。いっしょに川で魚を獲ったり、森で木の実を集めたり。くっつき虫、ってうるさがられながら、兄ちゃんのあとをつき回ってまねばっかりしてた。並んで野焼きを見てたとき、兄ちゃんは『炎って、まじない師の手みたいだろ、炎が土を生まれ変わらせるのさ』なんて、言ってた」

「まじない師って？」

「神さまや山や森の声を聞くことができる人さ。土の器を焼く、ぼんぼん燃える炎みたいな手つきをするんだ。こうやって」

カイは指を上へ向けて動かして見せると、センはククッ、と声を立てて面白がった。

「へー、まじない師、あたしも会ってみたいな。……それで、カイは薪を運んだだけ？　器は作らなかったの？」

「兄ちゃんは作らせてもらってたけど、おれはぜんぜんだ」

「上の子はいいよね。姉さんは雲読の術を父さんから、母さんからはキララの土の器づくりを引きついだ。なのに、あたしにはまだ何にもない」

「おれも同じさ。きっと、親には上の子の方が大事なのさ。兄ちゃんは器を作るのも焼くのもうまいって言われてたけど、おれなんか、最期までトトに褒めてもらえなかった」

「カイの父さん、亡くなっちゃったんだったね」

「でも、最期にトトは言ったよ『兄ちゃんを探しに行け』って。だから、兄ちゃんを探し出せば、遠くへ行っちゃったトトに褒めてもらえると思うんだ」

「なら、早くトトにいいところを見せておやりよ。トトは遠くから見てるんだから」

「うん。探しに行かなくちゃね。兄ちゃんには言ってやりたいことがたくさんあるし」

「えっ？」

センは意外そうに首をかしげる。

「カイは、兄さんに文句を言うために探してるの？」

「文句も言いたいさ。兄ちゃんのせいでトトもおれも辛い目に遭ってきたんだから……」

「それでも、兄弟でけんかするのは良くないよ」

「けんかじゃないよ。それに、おれが探すのは、文句を言うためだけじゃない。うまく言えないけど……、兄ちゃんに会いたがってたトトの分も、っていう気持ちさ」

そのとき、風にあおられた炎が、ごおっと音を立てた。カイには燃え上がる炎のそばに、兄の姿が見えるような気がした。

「そうだ、寒くなる前に、兄ちゃんを探しに行こう」

そのときが来た、とカイは思った。

日暮れ近くに、いくつもの器が焼き上がった。表面にきらきら光る粒が散りばめられた、カイの目にも見事な器だった。作り手の一人、モモを交えてムラ人らは出来映えをたたえ合っていた。

翌朝、雲読のトシが供えものを入れたキララの器と、大きな葉の上にのせた干したマスとをハゲ山の方角に供えて、山鎮めの祈りを捧げた。

「天地の力の前で、われらは力を持たない。それ故、われらは祈り、共に助け合うのだ」

このまま山が鎮まって落ち着けば、目指す黒石山への道が開ける。カイもムラ人らといっしょになって、一心に祈った。

それから間もない朝のこと、カイは広場で空を見上げているトシに声をかけた。

「そろそろ、ハゲ山を越えて行こうと思います」

「そうだな、カイは野山で働いて前よりずっとたくましくなった。山はあれ以来鎮まっているしな。ゆくがいい。われが潮時を見定めてやろう」

トシは腕を後ろで組んで、カイと並んで歩きだした。

「以前、カイは、亡くなった父さんから兄さんを探すように言われたと話していたな？」

「はい。兄を探しながら、自分の居場所を探せ、と言われました。父が息を引き取ったとき、体はそこにあるけど、兄を探しに行ってしまったような気がしたんです。父は兄を大切に思って、会いたがっていたから……」

「そして、カイ。おまえのことも同じように大切に思っていた」

「えっ？」

　意外なことをトシは言う。

「ムラで身の置き所のないカイを父さんは心配していた。だから、兄さんを探すという、生きる目当てを与えてくれたのだろう」

「ちょっと、待ってください。おれに生きる目当てを与えるために、父が？」

　そんなふうに考えたことはなかったが、トシの言うことに、はっとさせられた。

「そうか……。そうかもしれない。父がそう言ってくれなければ、今でも、ムラでうじうじと、周りの人を憎みながら過ごしていたかもしれない」

　あの頃は、自分の腹も満たせないで、おとなの世話になっていたくせに、みじめな自分の身の上を周りのせいにしていたことに、カイは気づきはじめている。

「親は子が苦しんでいるなら、救い出したいと思うものだよ」

　それを聞いて、トトの懐かしい温もりが蘇ってきた。

「今まで、兄だけが大事にされてた、ってやっかんだりしてたけど……」

「父さんはカイのことを大切に思っていたのだよ」

トシは繰り返した。

「うぅ……」

今度はトシのやさしさに涙が出そうになる。はじめてトシと会ったときには、難しい話ばかりされて面喰ったものだったけれど、自分をずっと見守っていてくれたことが嬉しくてこの人にずっとついていきたい、と思わずにいられなかった。

「ときに、カイが目指すべき黒石山だが、道筋は少々やっかいだ。途中まで舟で行って、陸を歩き、峠を越えていくことになる」

「どんなに遠くても平気です。覚悟はできていますから」

「よし。いつでも発てるように、仕度をしておきなさい。心配しなくていい。われからのはなむけに、弟のシュンを道案内につけてやろう」

「ほんとうですか！」

「その役目をシュンはきっと喜んで引き受けるだろう」

晴れ渡った、ある明け方のこと、広場で、トシは後ろ手に腕を組んで空を見上げていた。

カイはトシがどんな見立てをしてくれるか、そのかたわらで息をつめている。

「いい雲行きだ。いい風も吹いている。きょう舟を出せば、しばらく天気に恵まれる。すぐに発つがいい」

トシは低い声で言い切った。

カイは急いで荷物をまとめて、あわただしくシュンと共に舟に乗り込んだ。

そこへ、臆病な子鹿のような目をして、センが割り込んできた。

「カイ、兄さんに会えるといいね。もし、会えたら、仲直りしてね」

争いごとが嫌いなセンらしい言い方だ。その通りにできるかどうかはわからないけれど、セン

の気持ちがうれしくて、

「うん、わかった」

と、カイは答えた。

「それから、これ、姉さんと二人でこしらえたの。持っていって」

センが木の柄がついた石の小刀を、カイの目の前に差し出した。

「この色は魔よけよ。行く先で危ない目に遭わないように」

雲読の跡継ぎらしく、しゃんと背筋を伸ばした長女のモモが、小刀の木の柄に塗られた赤い漆の線を、指先でなぞった。

「ありがとう、大事にするよ」

カイが小刀を受け取るとすぐ、シュンが
「行くぞ」

と、カイを肘でつついた。

カイはシュンと共に、朝日の昇る海へと舟をこぎ出した。

「さらばだ、カイの身の上に幸あらんことを……」

トシが言うと、ムラ人らは寂しげな歌を口ずさみ、それに合わせて舟の中のシュンも歌いはじめた。カイは声を上げて泣きそうになるのをこらえて、ムラ人らに手を振り続ける。

　馴染んだ砂浜がゆっくりと遠ざかっていった。


　カイはシュンと代わる代わる櫂を握った。夜明けから日が沈むまで海岸に沿って進み、夜は舟を陸にあげてその中で休んだ。

　舟で前へ進みながら、アオネが流れ着いた舟や残骸がないか岸にも目を凝らした。カイと息を合わせて淡々とこなしてくれるシュンは、カイにとって心休まる相手だ。

「シュンは雲読の家に生まれたのに雲を読む術を教えてもらわなかったの？」

「あぁ、われもゴン兄も、教えてもらわなかった」

「なぜさ？　みんなが覚えて、兄弟が力を合わせた方がよくないか？」

「だめだ。雲読の術は、親から一人の子にだけ伝えるものだ」

　シュンはきっぱりと言う。

「雲を読む者はムラに一人しかいらない。二人も三人もが雲を読んで、見立てが分かれたらどうする？　意見が分かれりゃ、迷いが生じたり、争いが起きたりする」

「そういうものかなぁ」

「それに、雲読の術を身につけるには、覚悟がいるし、うんと暇がかかる。親と一番長くいっしょにいられるのは、一番先に生まれた子だからね」

「ふーん。シュンは割り切っているんだね」

「そうさ、風や雲を読むだけが役に立つ技でもないしね」

たしかに、シュンの言うとおりだ。

「われは、つぶて一つで川魚を仕留められるが、トシ兄にはできない」

そう言って、シュンは胸を張ってみせた。

トシが見立てた通り、晴天が続き、海はずっと穏やかで、手の空いているどちらかがやすで魚を突いて、食べ物の足しにした。

やがて、崖の上の向こうに、山の連なりが見えはじめた。

「ここで海とはお別れだ。陸に上がって川に沿って進むよ」

二人は川の河口で舟から下りて、河原へ舟を引っ張り上げた。

「あの山の連なりを越えるのかい？」

「あぁ、あれを越えればハゲ山が見える。道が塞がれてないといいけど……」

シュンは心配そうに山を見上げた。

森はすでに実りの季節を迎えている。吹く風が冷たく、カイは背負い袋に入れていた鹿皮の上着をはおって歩きだした。河原では据わりのよさそうな岩を選んでその上を歩き、藪に入れば、枝をつかんで斜面をよじ登っていった。やがて、ごつごつとした赤い岩肌がむき出しになった山が見えてきた。

「あれがハゲ山さ。たしか、山のふもとに小さなムラがあるはずなんだ」

と、シュン。

赤い岩肌ができたばかりの傷口のようで痛々しい。

「どきっとするね。あの赤い岩山。あの山が火を噴いて、雲読のムラまで灰が降ってきたんだね。ずいぶん離れてるのにさ」

シュンはこの道筋で、何度かハゲ山のふもとへ行ったことがあるが、噴火のときに流れ出た土砂に覆われて、すっかり様変わりしているという。

山を上るにつれて、木も、やがて草さえ見当たらなくなっていった。火口から吐き出された石や灰が積もる灰色の広がりの中を歩き続けるうちに、鼻をつく臭いもしてきた。

「この先に、ほんとうにムラがあるの？」

カイが疑いはじめたとき、シュンが積もった灰の上に人の足跡を見つけた。その足跡をたどって、二人はムラに行き着いた。

山が影を落とす、暗くひっそりとしたムラだった。古びた二つの小屋はうっすらと灰をかぶっていて、とても人が暮らしているようには見えない。

「おーい、誰かいるかぁ」

シュンが何度か声をかけると、逆立った髪の老女が小屋から顔を出した。着古した衣の袖をまくりながらゆっくりと近づいてくる。

カイが人探しをしていると話すと、老女は唇をなめなめ語りはじめた。

「一人か、って？　山が火を噴いて、若い者はこのムラを出て行った。けど、あたしゃ、弟と戻ってきた。今、弟は狩りに出てる。あぁ、山越えりゃ、遠くの山並みの中に岩山が見える。それが黒石山さ。……この山を越えて行く道はあるか、って？　そりゃぁ、あるにはあるよ。でもやめときな。山へ行くと喉や目が痛くなる。息をするのも苦しいよ」

「でも、おれは行くよ」

それでもカイは行きたいと思った。

「カイが行くなら、われも行く」

シュンは土地に不慣れなカイを案じて、いっしょに山越えをしてくれるつもりらしい。でも、一人で舟を操って雲読の岬まで戻るシュンに、これ以上、頼るわけにはいかなかった。

「おれは一人で平気だ。シュンは晴れているうちにムラへ戻った方がいい」

「舟での行き来には慣れてる。いっしょに山を越えるさ」

「だめだ、だめだ。シュンはここから戻れよ」

「戻るなら、おまえもいっしょだ。われらのムラに戻って、楽に山を越えられるようになるまで待てばいい。この先おまえ一人で行くなんてむちゃだ。行くのはやめろ」

「ここで進むのをやめるわけにはいかないよ。おれは、死ぬまで兄ちゃんに会いたがってたトトの気持ちと共にここまで来たんだから」

「兄さんを探すったって、なにも、自分の命と引き換えにすることはないじゃないか」

「いいから、ほっといてくれ！」

カイは思わず大声を出した。

そこへ、

「あー、じれったい！」

と、おばばが割って入った。

年に似合わぬ力のある声に、二人は驚いて口をつぐんだ。

「晩まで、そうやって言い争っている気かい？　シュンとやら、いいから、この子を一人で行かせておやり。山の向こうに目指すものがある。この子はそう思い込んでいるようだ。いや、きっと、あるんだろうよ。行ってみて、だめならここへ戻る。それでいいだろ？」

おばばはカイがうなずくのを確かめてから、シュンに向かって、

「あんたは雲読のムラの者らしく用心深いなぁ。だから、あんたらのムラは栄えるんじゃ」

歯の抜けた口を開け、けらけらと声をたてて笑った。

「旅立ちはどっちも夜明けだ。山の湯につかって温まってくるといい。ドングリ粉の団子を煮ておくよ。さあさ、行った、行った」

次の朝早く、カイは山越えの支度を整えて、シュンとおばばに別れを告げた。そのとき、

「これを持っていけ。石の斧はわれから、弓と矢はゴン兄から預かってきた。カエルのいないときも、カイがひもじい思いをしないように、って」

シュンはおどけてみせながら、石の斧と弓矢を差し出した。カイの手に馴染んだ石の斧と、ぴかぴか光る黒い石のヤジリが取り付けられたりっぱな矢だった。

「どうして、このおれにここまでしてくれるのさ。いっしょにムラへ戻りたくなっちゃうじゃないか……」

「いいよ、戻ってこいよ。兄さんに会って思いの丈を伝えたら、われらの所へいつでも戻ってこい」

「ほんとう？」

カイは胸がいっぱいで、あとの言葉が見つからない。

「……シュン、ありがとう。ゴンによろしく伝えて」

カイは斧と弓矢を背負い袋に収めた。

「おれ、これからトシやシュンみたいに、自分のこと、われ、って言うよ」

「それがいい。もう子どもじゃないからな」

シュンはいつものように、目を細めて笑いかけてくれた。

カイは荷物を背負うと、灰の積もった山道に足を踏み出した。


カイは一人きりになった。行く手にあるのは、一本も草木の生えない死の山だ。風で火山灰が舞い上がる。持っていたトトのカラムシの服の袖を割いて、それで鼻と口を覆ったが、目に灰が入って涙が出た。急な斜面に転がっている岩に足をとられて、滑り落ちそうになりながら、「いつでも戻ってこいよ」と言ってくれたシュンの笑顔を思い出す。

もしかしたら、シュンたちのいる雲読のムラがおれの居場所？　戻っていきたいところが居場所なら、居場所を見つけたのかもしれない。雲読の岬で、夕焼け空の色の花をつけていたツルマメのように。カイは、どこにでも根を生やすたくましい姿に自分を重ねてみるのだった。

いつのまにか、手足はすり傷だらけになっている。息苦しい岩山を少しでも早く越えたい。カイは目をこすり、こすり、這いつくばって登っていく。と、とつぜん、目の前に、そそり立つ岸壁が立ちはだかった。

臭いがきつく、目の前がぼんやりしてくる。この岸壁を越えられるだろうか。弱気になって、へたり込みそうになった。斧と弓矢が中から飛び出さないように背負い袋の底へ押し込んでから背負い直した。カイを生んですぐ亡くなった母が編んだ背負い袋だ。それから、布で腰に巻き付けたトトの形見の器のかけらに手をやって息を整えた。

(おれはもう、なんにもできない子どもってわけじゃない。そうさ、われは斧だって弓矢だって使いこなせる。この岩山だって越えられるさ。トト、カカ、天から見ていておくれよ)

岩に手を伸ばして、ぐいっとつかんだ。つかんだ腕で力いっぱい体を引き上げ、岩の間に足先で足がかりになる場所をさぐる。そしてまた、さらに上の岩へじりじりと手を伸ばしてつかんで、体を引き上げる。

(いいぞ、この調子だ……)

何度も繰り返すうちに腕がぶるぶる震えた。思うように力がはいらないが、力をゆるめたら最後、下まで真っ逆さまだ。

息が上がって、胸が苦しい。

（てっぺんまで、あとちょっとだ）

カイは鼻の先にある飛び出た岩を片手でガシッとつかんだ。つかんだ腕に力を込めて体を引き上げ、片足を踏み出したとたんに、踏みこんだ岩が砕けた。

「あぁっ！」

カイは砕けた岩と共にガラガラと転げ落ち、身の丈二つ分ほど下の岩場に叩きつけられた。

――カイ、起き上がれ！

気を失って突っ伏していたカイの耳元で、怒鳴る声がした。

――こんなところで何をしている！　さあ、立ち上がれ！

埃で霞んだ空を背に、トトが近づいて、こっちに腕を差し出した。

「あっ、トト……」

思いがけずトトに出会えて頰はゆるんだ。そして、トトの節くれだった手をけんめいにつかもうとするがつかめない、……どきっ、として意識を取り戻した。

そこにトトの姿はなく、埃の渦が漂っているだけだった。

右の手首が痛い。落ちたときに痛めてしまったらしい。カイは手首をさすりながらすすり泣いた。痛みとトトの幻が消えてしまった悲しさがいっしょになって、あとからあとから涙があふれてくる。

はれ上がった手首を、口を覆っていた布できつく巻いて痛みを紛らわした。岩場へ落ちた拍子に飛び出した石斧を袋へ収めたが、雲読のムラから持ってきた火起こし棒は見当たらなかった。

（泣いてなんかいられない。陽がある内に、なんとしても山を越えなきゃ。トト、力を貸しておくれよ。トトの分も頑張るから……）

布の上から土の器のかけらを握りしめて立ち上がった。

右手が使えないので片腕だけで岩にしがみついて体を引き寄せるしかない。急な斜面を諦めて、ずいぶん遠回りになるが、ゆるやかな斜面を登っていくことにした。

カイの動きはイモムシのようにのろかった。

（トトが天から見ていてくれる。だから、何がなんでも登り切るんだ……）

歯を食いしばって登っていった。

（兄ちゃんを見つける前に、こんなところで、くたばるわけにいかない）

力を振り絞って、ついに登り切った。

頂の向こうに澄んだ空を見たとき、カイは思わず天を仰いだ。

（トト、てっぺんまで来たよ！）

ここまでずっと灰色の岩ばかりだったが、行く先の山裾には緑が広がっている。命が息づく原野だ。その向こうに、木々に覆われた青い山々が連なっている。

（あのどこかに、黒石山がある……）

胸いっぱいに息を吸い込んだ。

足元の石ころを気にしながら歩きだした。下るにつれて、岩の間には草が見えはじめた。

（手さえ痛めてなきゃ、もっとずんずん進めるのに……）

見上げた空に鳥の群れが舞っていた。ふるさとへ帰る途中だろうか。群れそのものが、空を駆ける一つの大きな生きもののように、見事に動きを合わせて、形を変えながら羽ばたいていった。

「鳥なら、ひとっ飛びで峠を越えられるのになぁ」

踏み出したカイの足元で、こつんと音がした。灰にまみれた土の器が転がった。

「なんで、こんなところに……」

とっさにカイは器を拾い上げた。口が広がった器の内側に、種のようなものがこびりついてい

て、すえた匂いがする。草の実だろうか。誰かが山を鎮めるために供物を入れた器を供えたのかもしれない。

表面の灰をぷっと息で吹き払うと、驚いたことに、渦巻き模様が現れた。まるで、トトが作っていた器をそのまま小さくしたようじゃないか。トトが作った器が、ムラから持ち出されたのか。

(トトの作った物なら裏に印があるはずだ)

トトはクジラの背骨の一節を器づくりの台にしていたので、裏に背骨の跡がのこり、トトの器の印になっていた。

急いで器を裏に返してみると、トトの印ではなくムシロのあとがついている。

(トトがこしらえたものじゃない)

そのとき、中から枯葉に包まれた器のかけらが転がり出た。

「あっ!」

カイの目は、表面の渦巻き模様に吸い寄せられた。腰に結んだ紐をとくのももどかしく、トトの形見のかけらを取り出して合わせると、二つの渦巻き模様はぴたりとつながった。

(転がり出たかけらはマツリの舟の中にあったもの? それを持っていたのは……)

「兄ちゃんだぁ。兄ちゃんがトトの土の器をまねてこしらえて、これを供えたんだ」

カイの胸は高鳴った。

（兄ちゃんは近くにいる。でなくても、この器のことを知っている人が、きっと近くにいるはずだ）

二つのかけらを懐に入れ、器を背負い袋に押し込むと、坂を小走りで下っていった。

気は急くが、日暮れが迫っていた。獣が動き出す夕暮れの原野ほど怖いものはない。

（陽のあるうちに、休めるところを探さなくちゃ）

そう思ったとき、目の前を大きな鳥が横切って、山のかげに消えた。

何かある、と感じて鳥が消えた方へ走った。案の定、山裾に大きな窪みがあった。鳥に見えたのは洞穴をねぐらにしているコウモリだったかもしれない。

（まあいいや、洞穴で休めるなら……。コウモリといっしょでも……）

カイは中へ入っていった。

がさごそ音のする洞穴の天井を見上げて、ゾッと身の毛がよだった。数えきれないほどのコウモリがひしめき合ってぶら下がっていて、その下にフンが散らばっている。

（仕方ないや。向こうが先にいたんだから……）

カイは覚悟を決めて、汚れていない隅の方に、背負い袋を下ろした。痛めた腕をかばいながら、荷物に体を預けると、たちまちまぶたが重くなった。

獣の遠吠えで、はっとして目が覚めた。

ばたばたと、ぶら下がっていたコウモリがいっせいに外へ向かっていく。寝込みを襲われて、カイは跳び上がった。コウモリの群れが出ていった洞穴の入口に、カイの身の丈二つ分もありそうな褐色のクマが見える。

(どうしよう……)

クマはカイに気づいたのか、こっちへ向かってきた。でも、カイは動けない。

(もう、だめだ……)

クマが手の届くほど近づいて、カイに襲いかかろうと前脚を上げて身構えた。そのとき、逃げ遅れた数匹のコウモリが狂ったように、カイの背後から外へ向かって飛んだ。そのうちの一匹がクマの顔面に当たってバサリと下へ落ちた。面食らったクマは後ずさりして、前脚で落ちたコウモリにつかみかかった。

(今だ！　逃げろ)

カイは斧を取り出し、荷物を背負って洞穴の外へ跳び出した。振り返ると、下に落ちたコウモリは、クマの手をすり抜けて、必死に外へ向かう。クマはそのコウモリを追ってこっちへ向きを変えた。カイはそばの岩の陰に隠れて斧を握りしめた。

（見つかりませんように……）

すぐ脇をクマが通り過ぎて、コウモリを追って行ってしまった。

カイは腰が抜けたようにその場を動けなかった。とっさに振り回した右腕がひどく痛みだした。でも、ぼんやりしていられない。クマが戻って来るかもしれない。

左手で岩にしがみついて、どうにか立ち上がった。

行く手の山の端が明るみかけている。夜明けは近いだろう。クマが襲ってきたときのために、モモたちがくれた小刀を左手に握りしめて、黒石山のふもとを目指して歩きだした。

カイは少しでも早く、人のいる所へ行き着きたかった。ハゲ山を越えたら、黒石山から集めたカラス石を砕く加工場の小屋がある、とシュンから聞いていたので、そこまで歩き通すつもりだ。岩に打ちつけた右手首がずきずき痛むし、くたびれて足は棒のようだ。でも、歩みを止めたら最後、二度と歩き出せない気がして、のろのろと歩き続けた。

7　二つのかけら

ハゲ山を越えて歩きとおしてきたカイは、お天道さまが真上にきた頃、高い峰々に囲まれた広々とした丘陵に出た。足を踏み出すたびに、枯れ葉の香ばしい匂いが立ちのぼってきて、疲れた体にも新たな力が湧いてくる。

カラス石の加工場が山のふもとにあるという。そこへ着いたら手渡すつもりで、落ちているトチの実を拾って袋に入れた。初めて会う相手に自分が敵ではないことを示す、岩穴に一人で暮らしていたキチから教わった世渡り術だ。

すると、葉を落とした木々の向こうに、人が行き交うのが見えてきた。人に出会えてこれほど嬉しいことはなかった。こぢんまりした広場で数人の男たちが、服も手も真っ黒にして立ち働いている。その向こうに土屋根の小屋が一つあるようだ。

カイが男たちに近づいていくと、男らはいっせいに手を止めてカイを見た。

「あっ、あの、……旅の者です。怪我をしたので、すこし休ませてもらえませんか？」

その中で一番年上のように見える男が近づいてきて、カイの頭のてっぺんから足の先までじろじろと見た。男の太く短い首と盛り上がった肩が、イノシシを思わせた。

「ん？　頭が灰だらけじゃないか……。もしかして、ハゲ山を越えてきたのか？」

「はい、越えてきました。途中で、岩を踏み外して手首を痛めてしまいました」

「むちゃをしたもんだ。いいから、こっちへ来い。手当てをしてやる。……いや、その前に、向こうの小川で手と顔を洗ってこい」

カイは男が指さした藪の向こうの小川で、傷の汚れを洗い流し、灰にまみれた顔を洗った。腫れた手首を冷たい流れの中へ入れると痛みが紛れた。

小屋の前で待ってくれていたイノシシのような男について中へ入った。

「ここへは、暖かい間だけ、周りのムラから集まって来ている。だから、小屋も一つきりさ。外でカラス石の塊を砕いたり、形を整えたりしている」

「そうですか。鳥撃ちに使う矢は、カラス石のヤジリに限りますよね」

「へぇ、鳥撃ちをするのかい？」

「ええ、少しばかり……。でも、こんな腕じゃ、弓がうまく引けなくて」

右腕を持ち上げてみせてから、さっき拾ってきたトチの実を差し出した。

「これの泡で汚れを落としてください」

「ありがとよ。わしらの仕事は服や手が汚れるから、いくらあっても足りないくらいだ」

男はにっこり笑うと、カイの腫れた手首に、湿らせた木の葉を巻いてくれた。

その冷たさが腕に心地よかった。

「できるだけ腕を動かさないことだな」

「はい。助かりました。すみません、少しだけ、ここで休ませてください……」

安心したせいか、カイは急に眠くなって、ムシロの上に倒れ込んだ。


広場で肉を焼いている匂いで、カイは目を覚ました。もう陽が暮れかかっている。男らは仕事を終えて、はやめの夕餉を楽しんでいるのだろう。匂いに誘われて広場に出ると、焚き火を囲む男らが、カイを見てにやにやしている。

「寝過ぎました……。クマに出くわして、ゆうべ、ほとんど眠ってなかったから……」

カイが巻き毛のからまった頭をかいてもじもじしていると、男らがゲラゲラ笑い出した。

「どれだけ寝れば気がすむんだ。あんたがここへ来てから二つ目の晩だぞ」

イノシシに似た男が大声で言うと、男らの笑い声は一段と高くなった。

「まさかぁ！　そんなに長く眠っちゃったのか……」

「クマから逃げてきたとは、大変だったなぁ。さぞかし、腹も減ってるだろ」

男はカイを手招きして、石の上で焼いたキジの肉を食べるようにすすめてくれた。

「ところで、なんで、こんなところを旅してる？」

男に訊かれて、カイは頬張っていた肉の塊を急いでのみ込んだ。

「いなくなった兄を探しているんです」

「ほう、それで、火の山を越えてきたのか？　よほど、兄さんに会いたいんだな」

カイは背負い袋から、供えられていた器を取り出して見せた。

「これ、ハゲ山のふもとに供えてあったんですが、誰が供えたか知りませんか？」

そこにいる男たちは、みんな首を横へ振った。

「なんだって、そんなことを知りたがるんだ？」

イノシシのような男がカイに訊く。

「これを供えたのが、われが探してる兄にちがいないと思って……」

「土の器を手がかりに、人探しをしてるのか？　ん？……ちょっと待ってくれ。そう言えば、大きな噴火の起こったすぐあとで、こんな渦巻き模様の器を携えて故郷を探してた若者がいたなぁ。名は……」

カイは思わず男の方ににじり寄って、次の言葉を待った。

「うーん、忘れた」

「アオネ、じゃないですか？」

「そんな名だったかもしれんが、……忘れた。なにしろ、だいぶ前のことだから」

アオネだと言って欲しかったが仕方がない。せめて、ほかに覚えていることを聞き出せないか。

「その若者は故郷を探して、ここまで来たんですか？」

「いや、出会ったのは丘陵を下ったところの大川の河原だ。わしの知り合いの丘陵で暮らす丘陵人といっしょに、お天道さまの昇る方から黒石山を目指していた。わしらに器を見せて、心当たりはないかと訊いていたよ」

物のやり取りのために、舟で海を渡っていたその丘陵人は、途中で嵐に遭って遠くの岸に流れ着いた。それを助けたのが器を携えた若者らだったという。元気になって自分のムラへ戻る丘陵人に、カラス石の採れる山へ案内すると誘われて、やってきたのがその若者と背の高い連れの男だったらしい。

「その若者は故郷に帰りたがっていたんですね」

「そうだとも。わしらがその器に心当たりはないと言うと、ひどくがっかりしていた」

(きっと、その若者は兄ちゃんさ。兄ちゃんは帰ろうとしていたんだ)

故郷のひとつ眉やチャルは、アオネが生きていたとしても、叱られるのが嫌でムラには戻らないだろう、と言ったけれど、そうではなかった。故郷のことを忘れて、のんびり暮らしていたわけじゃなかったんだ。でも、ムラへ戻ってこなかったのは、なぜだろう。

「まさか、そのあとで、ハゲ山の噴火に巻き込まれたなんてことは……」

「さあ、あとのことは知らんなぁ」

山は大噴火のあとも、しばしば小さな噴火を繰り返していた。果たして兄は無事だっただろうか。

「器を供えたのがあんたの兄さんだったとしても、そのあと、どこでどうしているか、わしは知らん。知りたければ、隣ムラへ行くといい。知り合いの丘陵人と親しくしていた者がいる」

「隣ムラまでは遠いですか?」

「この丘陵の端だ。今発てば、夕暮れまでには行きつく」

カイはそれを聞いて、すぐ腰を上げた。

「ごちそうさまでした」

「行くのか?」

「はい。じっとなんかしていられません。ほんとうに世話になりました」

頭を下げて、教えられた方へ歩き出したカイの肩に、色づいた葉が、風に吹かれて次から次へと降りかかった。

黒石山の近くへ行けば、何かうわさを聞けると、雲読のトシは見通していたが、その通りになった。今さらながらに、トシの先を見通す力に感心する。この器を手がかりに、きっとアオネにたどりつけると心を強くした。獲物を追い詰めたときのような胸の高ぶりが、カイの歩みを早めていた。

カイは藪に逃げ込んだキジに目を止めて、とっさに弓をつがえた。出てきたところに狙うつもりだ。でも、右腕に力がはいらない。試しに右足の指に弓をはさんで、左手で弦をひいてみたが、やはり、ぐらぐらして引く手が定まらない。それでも、足の指に力を込めて弓を構え、口と頬を使って矢の向きを整えてから左手で弦を引き絞り、出てきたキジをひゅんと射た。

踏み固められた小道をたどって、カイは難なくそのムラに行き着いた。林の中に三つ小屋が建っていた。雲に隠れたお天道さまが山の端に透けて見えているが、風が冷たいせいか外に人影はない。中から幼子の声がもれている一番手前の小屋へ近づいていった。

「ごめん」

カイは腰を低くして出入り口の前に立った。

とつぜん中がしんとなって、鼻の赤い男が出入り口に立ちはだかった。かぶった頭布の下からごわごわした髪がはみ出している。

「ハゲ山のふもとに器を供えたのは誰だか、知っている人はいませんか？　いなくなった兄を探していて、兄と関わりがありそうなんです」

「おう、あれか？　奥にいる爺が知ってるかもしれん。まあ、入りな」

男にさっき射止めたキジを手渡すと、男は大喜びで受け取った。

薄暗い小屋の中に、立て膝になって糸を紡ぐ女と、その横に小さな子がいるのが見える。

カイは横板を踏んで土間へ下りて、背負っていた荷物を下ろした。

暗さに目が慣れてくると、炉の向こうに縄をなっている老人の丸い顔が見えた。

「おお、誰だって？　山に供えた器のことを訊きたいってか？」

耳が遠いのか、しわがれた大声が返ってきた。

カイは袋から器を取り出して、爺の目の前に突きだして炉端に置いた。

「これのことを訊きたいんです」

すると、爺がゴクリとつばをのみ込みこんだ。

「わかりますか？　誰がこれを供えたか」

「うむ、年若い男で、名は……」

「名は？」

「アオネじゃよ」

「ああ、やっぱり、兄ちゃんだ！　兄ちゃんは生きてた！」

張りつめていた気持ちがはじけて、カイは思わず両手で顔を覆って泣き出した。

「じゃ、おまえはアオネの弟か！」

爺のしわがれ声が小屋に響き、カイは涙をぬぐってうなずいた。

「どうやって、ここまで来た？」

「山を越えてきました。崖から落ちて、手首を痛めてしまいましたけど……」

カイは、たけ爺と名乗ったその老人の隣に座って、乞われるままに、兄がいなくなってからのことを話した。マツリを台無しにした兄の責めをトトが負わされ、そのせいでトトが早死にしてしまったこと。頼りにしていた伯母も亡くし、馴染んでいた従妹が隣ムラへ出されたことを。

「十のときです。われは兄を探し出して、父とわれの苦しみを思い知らせてやるつもりでムラを出てきました」

「おお、なんと……」

たけ爺は口元をゆがめた。

「途中、立ち寄ったムラでハゲ山の噴火に遭って、山の連なりを越えられず、三つ実りのときをやり過ごしました。そして、手首を痛めながら、ようやく、ここまで来たんです」

「そうか、そうか、よく、来たなぁ……。広いおでこが兄さんとよく似ておるわ」

たけ爺は額に深い皺を寄せて、まるで身内か何かのようにカイの手を取ってくれた。

「あなたは、兄とどこで出会ったんですか？」

「アオネは舟で流れついた上坂というムラから、背の高い男といっしょに黒石山へカラス石を採りに来ていた。故郷に近づけるまたとない巡り合わせと思ったんじゃろう。カラス石を手にした帰りに、この辺りまでやって来た。アオネが持っていたみごとな土の器に、わしが目を留めたのがはじまりじゃった。若い頃に故郷で、それとよく似た器を見たような気がしてな。聞くと、父親の器の底にはクジラの背骨の印があるという。わしの知る渦巻き模様の器にも、その印があった。……もともと、わしはアオネと同じように舟で流されて、故郷に帰れずさまよう、さすらいの身だったんじゃが、足が衰えてきて探し歩くのが難しくなってきた。帰るのをあきらめて、どこかに留まろうとしていた頃、アオネと出会った……ん、ごほっ、ごほっ」

苦しそうに咳込む爺を見て、女が背中をさすりはじめ、幼子がすばやく水の入った椀を爺に手渡した。水で喉を潤すと、爺は、

「ここに居るのは、さすらいのわしを受け入れてくれた、やさしいお仲間の家族じゃよ」

と、息をつき、また話を続けた。

「お天道さまの沈む方にあるアオネの故郷について、わしの知る限りを伝えると、アオネはすぐにでも行きたいと言った。が、その少し前に起きた噴火で、そっちへ向かう方の山が崩れ、道が塞がれてなぁ。小さな噴火が続いておった。……あぁ、それはおまえさんも知ってのとおりじゃ。わしは自分の身の上話も交えて、助けられたムラへ戻るように言い聞かせた。アオネは悔しそうにしばらく考え込んでおったが、とうとう、上坂というムラへ戻る、と心を決めた。しかし、アオネは考えたんじゃ。山の神さまのお怒りが鎮まるよう、抱えてきたこの器にヤマブドウの実を

盛って麓に供えようとな」

「そうだったんですね。よかった。兄は噴火に巻きこまれず、生きてそのムラへ引き返していったんですね」

たけ爺はうなずきながら「これじゃ、これじゃ」と、なつかしそうに器に目を落とす。

「じつにうまいもんじゃ。アオネは、器づくりの達人だった父親のをまねてこしらえたと言っておった。いつか山を越えて来て、これを見た誰かが、アオネが生きて器づくりをしているといううわさを、故郷へ伝えてくれるかもしれない、と望みをかけたんじゃ。が、まさか、実の弟が見つけたとはなぁ」

カイは左手で引き寄せて、もういちど、丹念に器を見た。渦巻きの模様といい、口の広がった形といい、見れば見るほどトトの器に似た力強い器だ。

(兄ちゃんがこんなすごい器を作れるなんて……)

見た目より軽くしっかりできているのも、トトのと同じだった。縁をつかんで器をくるりと回したとき、カイの親指が縁の小さなへこみに触れた。

「ん?」

炉の灯にかざしてみた。

「指の跡だ！」

「なにっ？」

たけ爺はカイの手元をのぞきこんだ。

「このへこみは、兄の指の跡だ。きっと、乾ききる前に触っちゃったんだ……」

「ほぅ、たしかに指の跡だ。さすがに弟じゃなぁ。こんな小さなへこみに気づくとは」

（兄ちゃん、これをどんな気持ちで作ったんだろう……）

「器をムラで作るってことは、兄がムラの人たちに受け入れられたってことですよね？」

「そのとおりだ。アオネはムラで誰からも好かれ、手先が器用で、器づくりでも頼りにされている、と背の高い連れの男が言っておったよ」

（兄ちゃんは流れ着いたムラでも頑張って生きていたんだ。……入れ墨の男たちが語ったあの話はほんとうの話だったんだ）

器にふれたカイの指先に、まじない師の手のような野焼きの火を見て「怖い」と言って握りしめたときの、兄の手の感触が蘇ってきた。

「ずっと前、兄に、器づくりの土を分けてほしいと頼んだことがありました。でも、兄はダメだと言って分けてくれなかった。悔しくて、兄の作りかけの器に、指の跡をぺたぺたつけたり、ドングリをねじ込んだりしたんです。そしたら、兄はおっかない顔してドングリを取り出して穴を埋めて、われが付けた指の跡を、むきになってこすって消しました。なのに、……なんで、兄ちゃん、こんなところに自分の指の跡なんか残してるんだよう……。トトがいたら、こんなんじゃだめだ、しっかり磨けと言ったに決まってる」

幼い頃の思い出が、やがて、兄への懐かしさとなって胸にあふれた。

「そうか、そうか、そんなことがあったのか……」

じっと耳を傾けていたたけ爺が静かに口を開いた。

「おまえさんは、兄さんが愛しくもあり、恨めしくもある？」

「ええ、兄が恋しいけど、どうしても、兄のしたことが許せないんです」

「おまえさんも、父さんも苦しんだようだなぁ。けど、アオネもまた、ひどく苦しんでおったよ。……ああ、でも、もう、わしの口からは何も言うまい。……そうじゃ、たしか、この中に父さんが作った器のかけらが入っておったはず……」

「これでしょう？　一つは、舟がつないであった故郷の浜で拾ったものです」

カイは懐から二つのかけらを取り出して、手の中でぴたりとつなげて見せた。

「なんと！　……離ればなれになった兄弟がつながったなぁ」

たけ爺は感じ入ったようにつぶやき、家族たちも思わず「ほぅ」と声を上げた。

「そうじゃ。兄さんは、この器の作り手に心当たりがないかと、旅の途中、会う人ごとに見せていたらしい」

必死にふるさとへ向かおうとする兄の姿がカイの心に浮かんで、愛しさが募った。

心に蘇ってきたのは、焼き上がったトトの器を、二人して誇らしく眺めた光景だった。くっつき虫とからかわれながらアオネにつき回っていたあの頃。心を乱すことなど何もなかった。

「兄があんなことさえ起こさなければ、ずっと幸せでいられたんだ。この器がまっさらだったときに戻りたい……」

兄の温もりを確かめるように、二つのかけらを胸に抱きしめた。

「割れてしまった器は元どおりにはならん。が、おまえさんが兄さんを許せば、バラバラになってしまった兄弟の心と心を、元のようにつなぎ合わせることできるはずじゃよ」

たけ爺は声を絞り出して、さらに言った。

「さあ、兄さんに会いに行け！　じかに会うのが一番だ。おまえさんだって、そのために大変な思いをしてここまで来たんじゃろぅ？」

「はい、そうです」

「アオネがいるのは、上坂というムラじゃ。丘陵を下り、せせらぎに沿って藪を抜け、大川を越える。すると、目の前に天にそびえ立つ、美しいお山さまが現れる。その裾野を回って尾根を越え、小川に沿って海側へ下ったところ。……おお、覚えておった」

たけ爺は前歯の抜けた口をほころばせた。

「わしはアオネから、この道筋を口伝えに覚え込んだ。間違いない。わしの頭はまだしっかりしておるわい」

「兄がそこにいるとわかったら、すぐにでも行きたいけど、道のりは遠そうですね」

「うむ、おまえさんの足でも、三つ目の晩までにつくかどうか……。日暮れの早いこの時期は、旅には向かんなぁ」

たけ爺があごをさする。と、二人のやりとりを聞いていた鼻の赤い男が口を開いた。

「お山さまの裾野には洞窟がいくつもあると聞く。夜を過ごすにはうってつけだと」

「なるほど、それは心強いな。しかし、川幅のある大川はどうやって渡る？　暑いときなら泳いでもよいが……」

たけ爺は眉を寄せた。

「でも、大川だって上流の山間を流れるときには細い川でしょ？」

カイが食い下がる。

「いや、向こう岸へ渡ろうにも、谷が深くて、切り立った崖を下りて上るのはむりじゃ」

たけ爺は首を横に振ったが、赤鼻の男が、はたと手を打った。

「たしか、松林の先に、川向こうと行き来するための丸太が渡してあったはず」

「そうか、猿のように丸太を渡るんですね」

「そう、猿のように。まず、丘陵を下る前に松林を抜けて丸太で川向こうへ渡る。そこから川沿いを下って行けばいいわけじゃよ、カイ。だいぶ遠回りになるが仕方あるまい」

たけ爺はカイが道を間違わないように念を押す。

「ただし、近頃あっちまで行かないから、丸太の渡しがどうなってるか、わからないがね」

赤鼻の男が気になることを言うが、カイはとにかく行ってみようと心を決めた。

「カイ、腕の怪我はどうじゃ?」

「使わなきゃ痛くないし、すっかりよくなるのを待ってなんかいられません。なんとか切り抜けます」

小屋の中で話し込んでいるうちに、外は土砂降りの雨になっていた。気がはやっているカイも、さすがに外へ出るのがためらわれて、一晩、小屋で休ませてもらうことにした。

翌朝、カイはたけ爺らに見送られて小屋を出た。

「あの山の連なりの向こうに見える、雪をかぶった頂がお山さまじゃ。まだまだ遠いが、いい目印になる」

朝日に輝くお山さまが、兄の所へ導いてくれるような気がする。

別れ際に、赤鼻の男から、

「これを持っていけ。無くしたと言っていただろ？」

と、使い込まれた火起こし棒を渡された。

夜中に降った雨が木々の葉を落とし、あたりに炎の色の葉が散り敷かれている。山に近いこの辺りはカイのふるさとよりずっと寒く、凍える空気に包まれている。

カイは、供えものの土の器を勝手にハゲ山から持ち去るのが憚られて、松林へ向かう前に、ハゲ山を望めるところまで後戻りした。今は鎮まっていても、いつまた噴火しないとも限らない。

二つのかけらを懐にしまってから、兄の器を供え直して手を合わせた。

（噴火さえ起こらなければ、とっくに兄ちゃんを探し当てていたはずだけど……）

赤い山肌のハゲ山が恨めしい。でも、噴火があったから、この器が供えられて、兄の居場所がわかったのだし、雲読のムラで鍛えられて山を越える力もついたのかもしれない。

カイはハゲ山を後にして、アオネがいるという上坂ムラを目指して歩き出した。

(あと、二つ夜を越せば、兄ちゃんに会える。思いの丈をぶつけられる……)

カイの血はからだじゅうを熱く巡り、鹿皮を着込んだ襟元に冷たい風が入り込んでくるのも気にならなかった。

肌を切るように冷たいせせらぎを踏み越えて、藪の枯れ枝をかき分けながら松林を目指した。

水の流れる音がしだいに大きく聞こえてくる。

崖の上から谷底までは身の丈五つはあるだろう。眼下を水が岩に砕けながら勢いよく流れていく。向こう岸までは身の丈三つほどだ。

赤鼻の男が話していた、向こう岸に渡された丸太はすぐに見つかったが、腐っていて、押すと、ぐにゃりと沈みこむ。これでは役に立たない。カイは松林を見回して考えた。

(松の木を切り倒して、向こうへ渡そう……)

谷へせり出している細くて丈のある松に狙いを付けて、シュンからもらった石斧を取り出した。

(どうか、渡しとなって、向こう岸へ行かせてください。どうか、どうか……)

右手をかばって斧を振るい続けるうちに、どうっ、と木が谷の方へ傾いだ。

「それっ」

かけ声もろとも、最後の一振りをくれて、向こう岸に木の先がしっかり届くまで、切り口を足でぐいっと向こうへ押した。カイは丸太に片足をのせて感触を確かめてから、その上に立った。

谷底の流れが速くて目がくらむ。

(谷底を見るな。だいじょうぶ、渡りきれるさ)

カイは大きく息を吐いて心を落ち着けた。一歩、二歩と進み、最後は向こう岸へ倒れ込むようにして、丸太を渡りきった。

木を切るときに力を入れたせいか、手首の痛みがぶり返している。手首をさすりさすり、川に沿っていっきに丘を下った。山間の日暮れは早い。道々、落ちている枯れ枝を集めていった。暗くなる前に大川の河原に行き着いて夜を明かすつもりだ。

平らな土地へ出て川幅がぐんと広がった。ほかの谷川から流れ込む水もあって、かなり水かさがある。やはり、この川を渡るのはむりだっただろう。

日暮れ前に、カイは河原で腰を落ち着けて、火起こし棒で火をおこした。かき集めた小枝を継ぎ足しながら、ホウの葉に包まれたどんぐり餅を取り出して頰張った。たけ爺が別れ際に「腹ごしらえに」と言って持たせてくれたものだ。

とっぷり日が暮れて、山の上に明るい星が見えた。揺らぐことのない一つ星。なぜか、その一つ星にトトが重なる。無口で、信念を持ち続けたトト。器づくりにも一途で、アオネが生きていると思い続けた。そして、カイに生きる目当てを示してくれた。

(トト、もう少しで兄ちゃんに会えるよ……)

懐の二つのかけらを握りしめて、川岸の木の下に積もった枯れ葉に潜り込んだ。獣が襲ってきたら投げつけるつもりで、手元に斧を置く。疲れてくたくただ。目をつぶると、川の水音に引きずり込まれるように眠りに落ちるが、気が張っているせいか、またすぐ目を覚まして焚き火に目をやる。その繰り返しで、まんじりともせず夜を明かした。

行く手を示すように、薄い雲の間からお天道さまが現れた。雨が降ることはなさそうだ。カイはどんぐり餅をまた一口食べて川の水で口をすすぎ、川に沿って歩き出した。

石ころだらけの足元にばかり気を取られて歩いていたが、とつぜん、全身にひやっとした気の流れを感じて顔を上げると、天にも届きそうな気高い山が左手に迫っていた。

(お山さまだ！　間違えようがないよ。とうとうここまで来たんだ)

カイはお山さまの大きさと、裾野の広がった美しさに心を奪われて、しばらく身動きができなかった。お山さまの山裾を歩くと、気持ちが浮き立った。

（兄ちゃんもここを歩いたんだろうなぁ。故郷へ帰れずに、あの器を山に供えて、助けられたムラへ戻って行ったんだ）

アオネの気持ちは、恐らく、ふるさとと助けられたムラでの暮らしとの間で大きく揺れていたに違いなかった。

教えられたように、洞窟の入り口らしい穴がじきに見つかったが、まだ休む訳にはいかない。陽のあるうちに、できるだけ先へ進みたかった。

日暮れが迫った頃に、手頃な大きさの洞窟を見つけて、そこで二つ目の夜を明かすことに決めた。上から垂れ下がった岩の先から水がしたたり落ちて、水溜まりができている。中は寒くはないけれど、獣が寄りつかないように、入り口で火を焚きつづけた。

明け方、目覚めると、カイはすぐさま跳び起きた。アオネがいるはずの上坂ムラまで、あとひと息だ。

小高い山の尾根を歩いて行った。山の裾野を流れる川は、遠くに見えはじめた海へ流れ込むのだろう。兄が流れ着いた浜辺はあのあたりか、などと思いを巡らせた。

藪の中を緩やかに流れる小川があった。その川岸に、誰かが置き忘れた、つるで編んだ籠が転がっている。近くにムラがある。兄が暮らしているはずのムラが。

（待ってろよ。兄ちゃんのせいで、ムラがどんなに大変なことになったか教えてやるから。兄ちゃんはハゲ山を越えるのを諦めたらしいけど、われは一人で越えてきた）

カイは空が夕焼けに染まるのを見ながら、人の気配のする方へ足を速めた。

かん高い声がして、二人の子らが競い合いながら裸足で駆けてきた。

「あたしが先だよぅ」

「あっ、だれかいる！」

カイに気づいて、二人は立ち止まった。五つか六つくらいの幼い女の子だ。

「やぁ、上坂ってムラはあっちかい？」

カイは子らが来た方を指さした。

「うん。何しにきたの？」

「アオネっていう人を探してるんだけど、知ってる？」

「うん、アオネなら知ってるよ。つい、こないだまでムラにいたよ」

「この間までって……、今は？」

「出て行った」

「えっ、まさか……」

カイのからだからいっぺんに力が抜けていく。

なぜだ、なぜだ、とカイは心の中で繰り返した。

「おとなの人に話を聞かせてもらうね。こっちかな？」

カイはやっとそれだけ言って坂をのぼりかかると、さっきの子が、

「こっち、こっち」

と、先に立って、いくつかの小屋が建つ広場まで連れて行ってくれた。

「とおさーん、この人、アオネを探してるんだって」

一方の子が、小屋の前に座っている男を呼んだ。

「ん？　アオネを探してる？」

頬骨の高いその男は、石の刀を研ぐ手を止めてカイを見上げた。

「はい。われはアオネの弟で、兄がこのムラで暮らしているって聞いて来ました」

とたんに、男のくすんだ顔色に、さっと赤みがさした。

「おーい、みんな、大変だぁ、アオネの弟が現れたぞ！」

男は口元に手を添えて大声で叫んだ。

あっという間に、五、六人の男女がカイの周りに集まってきて、驚きと戸惑いの入り交じった

ような声を交わしはじめた。

そのなかの白髪交じりの女が進み出て、節くれだった両手でカイの頬を包んだ。

「アオネの弟、カイなんだねぇ。間違いないよ。よく似てるもの」

カイを見つめるその顔は、笑っているようにも泣いているようにも見える。

「われの名を知っているんですね」

カイは名乗る前に自分の名を呼ばれたことに驚いていた。

「アオネから故郷のことはいろいろ聞いてる。あたしはアオネが九つのときから十八になるまで、息子と思っていっしょに暮らしてきた。マヤだ。そして、こっちが、このムラのオサ、ホオダカだよ」

「待ってくれ……。アオネの故郷は黒石山よりずっと向こうのはずだろ。そんな遠くから一人で来たってのかい？」

ホオダカはまだ信じられないようすで、カイに問いただした。

「はい、そうです。でも、兄はここを出ていったって、さっき、あの子が……」

「ああ、なんてことだ！　もう少し早ければ……」

ホオダカは天を仰いだ。

たけ爺から聞いた話から、アオネが上坂ムラの人に受け入れられて、穏やかに暮らしていると
ばかり思っていたのに、なにか様子がおかしい。
「兄はじきに戻るんでしょうか？　それとも……」
カイがホオダカに詰め寄ると、
「わからん」
力なく首を横に振った。そして、一つ大きく息をして、
「まあ、聞くがいい」
と、遠くを見て語りはじめた。
「いつの頃だったか、旅人が持ち込んだ流行り病で幾人ものムラ人が亡くなった。のこされた者
は命をつなぐのがやっとで、土の器も作られぬままになっていた。そんなときに、近くの入り江
に生きて流れ着いた子がいた。強い運を持った男の子だ。ムラに恵みをもたらす恵の子だ、と誰
もが信じた。果して、その頃から森の実りは多くなり、漁をすれば、たんと魚が獲れるようになっ
た。そのうえ、その子は自らの技でムラの土の器を蘇らせ、ムラ人の心を一つにした。そして、
ムラはかつてのような賑わいを取り戻したのさ」
カイが十のとき故郷で「ただの作り話」として、旅の者から聞いた話そのものだった。

「故郷で旅人からそっくり同じ話を聞きました。作り話なんかじゃなかった。あなたの語りがはじまりだったのですね。恵の子、って、兄のことですよね」

「そうだ。アオネのことだ。この話には続きがあってな、……恵の子はやがて、遥かな山から持ち帰ったカラス石で、ヤジリや刀を作っては、惜しみなく周りのムラへ行き渡らせて、よそのムラからも敬われるようになった。器づくりの腕前は広く知られ、上流のムラにいるひしりの耳にも入った……」

カイは、「ひしり」というのは万物の訳を知る偉い人のことだろうと見当をつけた。雲読のトシは「日知り」だ、とトシの長女、モモが言ったのを思い出していた。

「……そして、恵の子は日知りが司るマツリに呼ばれたのさ」

しゃべりつかれたのか、ホオダカはとつぜん口をつぐんで、うなだれてしまった。

「ホオダカ、あとはあたしが話すよ」

白髪交じりのマヤが近寄ると、ホオダカはうなずいて、

「頼む」

と小さくつぶやいた。

アオネはこのムラで助けられ、人々に受け入れられて、器づくりの技で恩返しをしたのだ。恵

の子が大きくなってから成したことも、惜しまずに働く兄なら、いかにもありそうなことだった。

「風が冷たくなってきた。あたしの小屋へおいで。お腹もすいているだろう。お腹に入れるものもあるよ。モリヤも、あとで、こっちへ来ておくれ」

マヤはカイの手を引いて、背の高い男を振り返った。

カイはマヤの丸い背中を見ながらあとについて、がらんとしたうす暗い小屋に入った。

「きのこの汁は好きかい？　今、温めてやるからね」

マヤは炉の熾火に息を吹きかけて火をおこし、汁の入った深鉢を火にかけた。炎で深鉢の細やかな模様が浮かび上がる。

「この深鉢、アオネがこしらえたんだよ」

言われて、カイはハッとした。

縁にせり上がった飾りのある器だった。トトが作っていたものとは形も色もまったく違っているけれど、力強い渦巻き模様がトトのものとよく似ている。

「これを見れば、わかるだろう？　あんたの兄さんはとびきりの器の作り手だ」

マヤは柄杓で汁をかき回しはじめた。

「ホオダカはアオネがムラを出て行ってから、気が抜けたように石を研いでばかり。あの話、よそから人が来ると必ず話すのさ。少しずつ話が継ぎ足されていくんだよ」

そう言いながら、湯気の立ったきのこ汁を椀に注いでくれた。

「さあ、お食べ」

カイは、アオネに会えることばかりに気をとられて、なんの心づかいのものも持たずに来てしまったことが悔やまれた。

「いただきます」

一口すすって、汁の温かさが体の隅々まで染みわたった。

「それにしても、よくここまで来られたねぇ」

マヤはカイをしみじみと眺めて、目の下の隈ににじんだ涙を節くれだった指で拭った。

「このところ、いろんなことが次々に起って、あたしらは参ってた。あんたがあと少し早く来ていれば、みんなして兄弟の巡り会いを喜べたのにねぇ」

アオネにはこんなに親身になってくれる、母親がわりの人がいた。それが、カイにはすこし妬ましかった。

「いったい、兄に何があったんですか？　われは兄を探すために十で故郷を出て、十四になりました。ずっと探してきたんです。この先も、兄を追ってどこまでも行くつもりです」

カイがきっぱり言ったとき、背の高い男が頬を火照らせて小屋へ入ってきた。

「おお、カイと言ったね、アオネが会いたがっていた弟だ。ねえ、母さん、おれは夜が明けたらこのカイといっしょにあかつきの丘へ行く。たった今、体を清めてきた」

マヤはとたんに目を輝かせて、喉元に手を当てた。

「それがいいね、モリヤ。なるようにしかならないと諦めてたけど、夜明けとともに発てば、間に合うね。夜中歩いて次の夜明けまでに、あかつきの丘に着けばいいんだ。カイ、それだけ歩ききる力、残ってるかい？」

「はい、もちろんです」

「よし。水を汲んでやるよ。体を清めて、ゆっくりお休み。マツリに行くんだからね」

マヤは言うより早く立ち上がって、小屋の隅の瓶から小さな器に水を移した。

「マツリに？」

「あかつきの丘ってとこで、日迎えのマツリがあるんだ」

モリヤは戸惑うカイに話しかけながら炉端に座り込んだ。

「アオネはマツリのために土の器と土の人形をこしらえた。日知りの長老からマツリの手伝いも仰せつかってる」

「日知りの長老……」

「川上の方で暮らしている、お天道さまの動きを知る長老だ。火はお天道さまからの下されもの。お天道さまをよく知る長老は、炎の火の扱いにも秀でて、思い通りに扱うことができる。アオネはマツリでその長老から教えを授かれる、と張り切っていた。おれらにとっても、誇らしく願ってもないことだ。……けど、アオネはとうぶん、こっちへは戻らないつもりで出て行った」

「戻らないつもりで？」

「妹のフサは、隣ムラの知り合いに案内してもらって、アオネのあとを追ったらしい。アオネと示し合わせていたのか、フサがかってに追いかけていったのかはわからないが、おれは妹を連れ戻すために、あかつきの丘へ向かう仕度をしてたのさ」

モリヤから聞いて、カイはやっと、マヤとホオダカの疲れ切った様子の訳がわかった。

「すみません、大変なときに……」

カイはマヤとモリヤに頭を下げた。

「何を言ってるんだい。兄弟が会えたらすべてうまくいくんだ。だって、アオネはあんたに会うために旅に出るつもりなんだから」

「われに会うために？」

カイには、まだよく事情がつかめないが、マツリが終わるまでに、あかつきの丘というところへ行けば兄に会える、ということだけははっきりした。

（一番長い夜が明けるまで歩き通せば、兄ちゃんに会える……）

気持ちの静まらないまま、カイは濡れた布で体を拭き清めて、アオネが寝起きしていたという、若人小屋の寝床で目を閉じた。

8　あかつきの丘

夜明けまえに目を覚ましたカイは、父親の形見のカラムシの服を身につけて、その上に鹿皮の上着をはおった。そうすると、山越えのときに引きちぎった袖も気にならない。ふるさとを出るときにはずいぶん大きく感じたトトの服が、今の、たくましくなったカイの体にぴったりだ。カイは伸びた癖毛を一つにまとめてうしろで結び、アオネが使っていたというイノシシの毛皮の履き物を履いた。体を清めて、さっぱりとした出で立ちだ。

「どうか、よきマツリとなりますように」

マヤはカイの両肩に手を置いて、願いを託すようにして送り出してくれた。

カイとモリヤは、めあて星（北極星）の方へと、霜柱を踏んで歩き出した。

振り返ると、鈍い光を受けて、さやさやと揺れる一面のススキの原に、寒そうに首をすくめて立ち続けるホオダカとマヤの姿があった。モリヤも二人に気づいて目をしばたたいた。

「上坂ムラへ来て、面食らっただろうね。ホオダカもおれの母も取り乱してたし」

「疲れているみたいでしたね」

「このところ、ろくに眠れずにいただろうよ。でも、あんたのおかげで望みをつないだ」

アオネは引き留められるのを恐れて、ホオダカとマヤにはふるさとを探す旅に出ることを明かさず出て行ったのだという。

「よくわからないんですが、フサって人は、なぜ兄のあとを追ったんですかね？」

「あんたには、まだわからんかも知れんが、フサはアオネを慕っていた。別れたくなかったんだろうさ。浜辺に流れ着いたアオネを見つけたのがフサだった。フサは海の向こうから流れ着く珍しい貝殻や石を集めるのが好きな子で、アオネを流れ着いた宝物のように大切に想い続けてきたのさ」

「宝物……」

「誰もが、いずれ、アオネはフサと夫婦になってくれるものと思っていた。なのに、とつぜん、アオネはムラでの役目に区切りがついたら、弟に会いに行くと、妹のフサとおれに打ち明けたのさ」

「そうだったんですか……。兄はあなたに、何でも話していたんですね」

「ああ。アオネとはいっしょに旅をしたこともある」

たけ爺から聞いた、アオネの連れの背の高い男というのはこの人だったのだ。カイは自分より、ゆうに頭一つ分背の高いモリヤの姿を改めて見た。

「野にも雪が降るかもしれんな」

モリヤは灰色の雲を見上げた。

（こんどこそ、兄ちゃんに会える。かならず……）

胸に強い思いがこみ上げた。

道々、カイは兄と別れてからのことをモリヤに語り、お腹がすくと休んで持ってきたどんぐり餅を食べ、また歩いた。

「父さんを亡くして、ムラで辛い思いをしたんだね。かわいそうに。……アオネには言いたいことがさぞかしいっぱいあるだろうね」

「はい」

「一つ聞いておくが、アオネに会ったら、あいつをどうするつもりだ？」

「どうするって……」

「殴りつけたいか？　とことん痛めつけてやりたいか？」

カイは口ごもって、モリヤを見上げた。トトと自分を辛い目に遭わせた兄が憎い。だからといって、自分は兄を殴りつけたいのだろうか。すぐには答えが出て来ない。

「どうなんだ？　え？」

「……わかりません」

カイが声を絞り出すと、モリヤは力んでいた肩をすとんと落とした。

「おれはアオネから故郷を探す旅に出ると聞いたとき、どんな目に遭わされるかもしれない、危ないから行くのはやめろと止めたんだ。しかも、確かな道筋もわからない、探りながら進むような旅だ。でも、アオネは覚悟していると言って出て行ったよ」

「……」

「アオネは噴火で塞がれた道が通れるようになったかどうか知りたくて、山に近いムラの知り合いを、しょっちゅう訪ねてた。向こうから山を越えて来た者があると聞いて、すぐさま旅立つと決めたようだ」

雪がちらちらと舞いはじめた。天から降りかかる冷たい雪でさえ鎮めることができないくらい、カイの気持ちは熱くなっていた。

雪はじきに止んで、しだいに晴れてきたが、山おろしの冷たい風に向かって歩くので、カイはむき出しの耳が痛かった。

「ところで、兄がいなくなった、マツリの前の晩……」

カイはずっと気になっていたことを切り出した。

「兄は何をしに、夜中に浜へ行ったんだか……。われには、浜に忘れ物をしたから取りに行く、すぐ戻ると言って出て行ったけど……なにか兄から聞いていませんか？」

「あぁ、アオネは父さんが作った土の器を手にとって、じっくり見たかったと言ってた」

「そんなぁ……」

「信じられないのかい？　灯にしていた火の付いた草が風で飛ばされた。それがあちこちに飛び火して、とも綱も焼け切れてしまった。……海水をかけて消し止めているうちに、舟が沖へ流された……と」

海岸へ降りていく坂の途中で見た、沖へ流れていく火の玉が、カイのまぶたにありありと浮かんだ。

「火がおさまったときには器が割れ、引き潮で、かなり沖へ流されていたらしい。運悪く、どこの島にも流れつかず、大海を流され続けた。それでも、海の神さまに、いつか自分がりっぱな器を作ってお返しするから助けてください、と念じて供物を食べて生き延びたらしい。おれはそう聞いたよ」

死にそうな目に遭いながらも、よくぞ生きていてくれた、とカイは思う。

「兄は、そんなにしてまでトトの器を……」

土の器を見るために舟で流されたには違いないけれど、生き延びられたのも、また、器への強い思いがあったからかもしれない。

「アオネは、父さんが作った器が海の底に沈められてしまう前に、どうしても触りたかったんだろうよ。……なぜそんなに見たかったのか、おれにはよくわからない。でも、アオネが上坂ムラで、土づくりから器を焼きあげるまで一人でやり通してきたことは、土の器への思いが並ではないことの証だよ」

(そうさ。われは知ってる。兄ちゃんはトトの土の器が大好きだった)

海神さまのマツリの前の朝、トトの器がひとつ眉の手で舟にのせられたとき、アオネは「こんなすごい器が作れるのはトトだけだ」と得意そうだった。

(今さらモリヤに言われなくても、兄ちゃんの器への思いは、われが誰よりもよく知ってる。火さえ出していなければ、何でもなかったのさ……。かわいそうな兄ちゃん……)

途中から、カイと同じように、あかつきの丘を目指して歩く人が増えてきた。上坂ムラを朝に発ち、昼になり、夜になり、夜じゅう歩き通して、カイがあかつきの丘のふもとに着いたのは、夜明けにはまだ間のある夜半過ぎのことだった。

なだらかな丘に、星々がきらめく天空へ掛けた梯子のような一本の道がある。その道を行くいくつかの人影のあとを、白い息を吐きながら、カイも一歩一歩踏みしめていった。

歩き通してくたくたなはずなのに、カイの頭はその寒空のように冴え冴えとしていた。

(もう少しで、トトとの約束を果たせる。故郷のひとつ眉のオサが途方もないと言った望みが叶う)

あの丘の上に兄がいると思うと、進もうとする足が宙に浮くような感じがした。

広く平らな丘の上に立つと、いっそう星に近づいたようだ。吹きつける風の冷たさに、思わず肩をすくめた。周りの様子は暗くてはっきりとは見えないが、聞こえてくるたくさんのひそひそ声で、集まった人の多さが伺える。

日が短くなって弱まったお天道さまが、この夜明けを境に新たに息を吹き返し、徐々に力を増していく。マツリは日の出とともに、亡くなった人たちの霊が再び生を得るのを祈るものだと、モリヤが話してくれた。

「ここは死者を葬った墓だよ」

前を歩く見知らぬ人がぽつりと言った。

カイたちが来るのを待っていたかのように、火のついた笹の束を掲げ持った男が現れた。さらした衣をまとい、額の鉢巻きに杉の小枝を刺している。マツリを司る日知りの長老にちがいない。

長老はゆっくりと杉の小枝の山に火を移した。

辺りがぱっと明るくなって、集まった人々の麻やカラムシの衣が白々と浮き上がった。

(こんなにたくさん人がいたのか……)

カイは周りを見回した。五つか六つ、いや、もっとたくさんのムラから集っていると聞いたから、きっとかなり大勢なのだろう。

火はぱちぱちと音を立て、丘に吹きつける風が火の粉を暗色の空に舞い上げた。

かがり火はお天道さまの火気を地上に移したものだ。

炎は勢いを増し、周りを広く照らし出した。足元に目をこらすと、かがり火が焚かれているところを取り巻くように、石が円形に敷き詰められており、敷石が途切れる辺りの日の出の方角に、大きな石柱と、神への供物の酒や食べ物が置かれた祭壇がある。

カイはこれと似た円形の石組が、雲読のムラの広場にあったことを思い出す。

風に揺らめくかがり火が、まじない師の手のように、周りの闇に刻々と違った光と影をつくり出す。体を寄せ合って手をこすり合わせたり、合わせ衣の胸元をかき合わせたりしていた人々は、それを見てぴたりと動きを止めて静まりかえった。人々の魂がその妖しげな揺らめきの虜になってしまったかのようだ。

カイとモリヤは遠くに祭壇が見通せるところに腰を下ろした。

とつぜん、どろどろどろどろ、低い音が背後で鳴り響いた。誰かが鼓を鳴らしているらしい。

その音が合図だったのか、ウォーという地響きのようななり声を上げながら、大勢の人々が総立ちになって、かがり火の周りに集まってきた。手を取り合って腕を上げ下げしながら、かがり火の周りをいく重にも囲んで、輪を作って踊りだした。

その勢いに弾かれるように、カイは立ち上がった。

「ひと　ふた　みよ　いつむ　ななや　ここのたりや……」

人々は声を合わせて、まるで時を刻むように数を数え、天に届けとばかりに声を上げる。

「ひと　ふた　みよ　いつむ　ななや　ここのたりや……」

踊りの輪は形を変えて、広がり続け、気づくとカイも人の輪の中にいた。人いきれとかがり火

の熱で、カイの額にも汗が浮かんでくる。

きっと、人々の心はマツリで一つになって、ムラで共に生きる喜びとなるのだろう。

とつぜん、カイはモリヤに腕をつかまれた。モリヤはカイの腕をとったまま、祭壇と逆の方へ歩き出す。行く先に、踊りの輪に見とれる若い女の姿がある。黒髪を結い上げた美しい人だ。女はモリヤに気づいて、うさぎの毛皮をまとった肩をぴくりと持ち上げた。

「モリヤ兄さん、黙って来てしまってごめんなさい」

その人は目を伏せて詫びると、

「アオネの晴れ姿をこの目に焼き付けたら、わたしはムラへ戻るつもりよ。アオネはわたしがここへ来ていることを知らないわ。わたしが勝手に来たの」

と、口早に続けた。

「フサ、もう心配するな。何もかもうまくいく。ほら、この青年、誰だと思う？」

モリヤに背中を押されて、カイが進み出ると、

「あっ」

フサは声を上げた。

「アオネの弟、カイです」

勢い込んで名乗るカイを、フサはまばたきをするのも忘れたように見つめている。入り江で倒れていた兄を見つけてくれた人。この人は自分のことをどれだけ知っているだろうか。カイにはわからなかった。

「あなたがここまで来てくれるなんて……。アオネが生きていると信じていてくれたのですね……」

フサは大粒の涙を流して、言葉を詰まらせた。

（われとわかって、こんなに喜んでくれるなんて……）

カイはフサの涙を見て、思いが溢れ出した。

「われはずっと、信じていました。戻ってきてくれるのを、首を長くして待っていたんです。なのに、いつまで経っても戻ってきてくれなかった。だから、われの方から探しに来たんです。兄には、どうしても生きていて欲しかった。……もう一度会いたかったんです」

カイの気持ちは、兄をひたすら待ち続けていた幼い頃に戻っていく。

「そうでしょうね。突然別れたきりになったのですもの。で、お父さんは？　お父さんは故郷で待っているの？」

「いえ、兄がいなくなってから、二つ目のマツリの後で亡くなりました」

「そんなに早く……。以前、アオネは夢のお告げで、お父さんが亡くなったと感じて、涙を流したことがありました。その夢の中で、『兄ちゃんのせいでトトが死んだ』とあなたに言われたそうです。アオネはあなたが怒るのは当たり前だと言っていました」

「兄は、父が亡くなったのをわかっていた？」

「感じていたのでしょう。アオネは感じる力がとても強いから」

「そうです。われはずっと、兄のせいでトトが死んだと思ってきた」

「やはり、アオネを恨んでいたのね……。アオネは故郷へ帰って、みんなに謝りたいと、流れ着いたすぐ後から言っていました。自分のせいで肩身の狭い思いをしているあなたやお父さんに申し訳ないとも。でも、遠くて……、山の噴火があって帰れませんでした。だから、アオネは祈るしかなかったのです。詫びながら、心を込めて土で器を作り、祈りを天に送ると言って、その器を焼いてきたのです」

「兄はわかっていたんですね、自分がしたことでムラがどうなったか。トトやわれがどんなに辛い目に遭ったかも」

「ええ、わかっていたでしょう。だから、自分を責め続けていました。わたしはそばでずっと見てきました」

「兄も、苦しかったんだ」

「どうか、アオネを許してあげて……」

フサの潤んだ黒い瞳が、まっすぐにカイに向けられた。

「……」

「噴火がおさまって、山を越えられるようになったと聞いて、アオネはこのマツリでの役目を終えたら、こんどこそあなたに会いに行くと決めたの。助けを求めているあなたを、これ以上放っておけないと言って……」

フサの言葉を聞いて、兄への怒りの最後のひとかけらまで溶けるように消えていった。

(兄ちゃんのいない寂しさを怒りにすりかえてた。そうしなければ、あまりにみじめで心がつぶれそうだった。ほんとうは、兄ちゃんにわれの心細さをわかって欲しかったんだ)

どろどろどろどろどろ……。鼓の音が小さくなっていく。それに合わせて、かがり火が消えかかり、人々の踊りの輪も少しずつほどけていった。

すっかり火が消えて、敷石の辺りはまた暗くなった。日知りの長老が燃え残りの枝を両脇に寄せて、杉の小枝で灰を掃き清めているのがぼんやりと見える。祭壇から真っ直ぐに伸びる日迎えの道を整えているようだ。

かがり火の煙がどんよりと漂っている敷石の上に、少しずつ人々が集まってきた。座り込んだり膝立ちになったりして、みな静かに顔を日の出の方角へ向けた。カイたちも人々の後ろに立って、祭壇を見つめた。

「日短きこと　きわまれば　万物の勢い　みな衰えて　死す……」


長老が季節の一巡りの区切りを告げる言葉を、朗々と唱えている。

祭壇の向こうに、うしろから陽を受けて浮かび上がった、尖った山の姿があった。

暗かった空が、しだいに明るさを帯びていく。

尖った山のてっぺんから光が放たれて、

「おーっ」

と、歓声があちこちで上がった。

ころん、ころん、ころ、ころ、ころ……

土鈴の音がゆったりと流れる。

「あぁ、アオネはきっと、あのどこかにいるはずよ」

祭壇の方をフサが指さした。

長老が土鈴を鳴らしながら、祭壇の前で腕を振り上げたりひれ伏したりして、また唱えはじめた。

「日の帰り来るによって　新たなる万物の命　みな蘇る……」

天と地の境が明るくなって、広場の様子がくっきりしてきた。

「あそこにアオネがいる」

モリヤが目で示したのは、長老のすぐ横で、土の人形を割って穴へ投げ入れている若者だった。

人形を大地に戻すことで、亡くなった人の蘇りを祈るのだという。

「あれが、兄ちゃん？」

カイの思い出の中にある、少年だった兄の面影を、その姿の中に懸命に探した。

がっしりした体つきがトトにそっくりで、元気な頃のトトが蘇ったとしか思えない。

(まるで、兄ちゃんの中にトトがいるみたいだ。……命は巡っている)

光が石柱の上を越えて敷石の環を貫いたとき、人々の口からため息がもれた。

「今蘇りのとき、なくしたものを呼び戻すとき」

日知りの長老が発した声と唱和する人々の声が混ざり合い、何度も繰り返された。人々は手を打ち、足を踏みならして祭壇を取り囲んだ。

人々はみな我を忘れたように、蘇りの光と戯れている。

(とうとう、兄ちゃんに会える……)

なかなか先へ進めなかったけど、なにもかもこれでよかったのだ、とカイは思う。

新たな光を迎え入れた熱気が丘全体を覆い尽くし、カイもその歓びの中にいた。

アオネが長老に手を貸して、祭壇と石柱に水を注いでいる。

「あれは、月夜の晩に、葉の上に溜まった夜露を集めた月の水よ」

死者へ捧げる蘇りの水なのだ、とフサが教えてくれた。

人々は祭壇を取り囲んで、うぉー、うぉーと、ひとしきり声を上げたあと、まるで潮が引くように、ぱたりと静かになって散らばっていった。

マツリは終わった。

マツリの余韻の中で、アオネは丘の降り口に立って、供えられていた酒を器に入れてみなに振る舞っている。人々はアオネをねぎらって、丘を下ってそれぞれの場所へ帰っていく。

アオネが仲間から頼りにされ、慕われているのがカイには誇らしかった。

(われの兄ちゃん……)

カイは夢中で兄の動きを目で追った。暁の光に浮かび上がった横顔には、火の子と呼ばれていた少年のときの面影があり、あの頃と同じように広い額に麻ひもを結んでいる。

人がほとんどいなくなったとき、フサがカイの背中を押した。

「さあ、アオネのところへ行って」

カイは敷石の環を貫くように、まっすぐ兄に向かって歩きだす。

アオネははっとして顔を上げた。

まるで幻でも見るように、カイの上をさまよっていたアオネの目から、ひとすじの涙がこぼれ落ち、

「カ、イ」

と、唇が動いた。

「兄ちゃん！」

カイは叫んで走りだした。

「カイ！」

兄は涙で顔をくしゃくしゃにして、両手を広げて歩み寄ってきた。

「兄ちゃん、会いたかったよう！」

カイはもう一度大きく叫んで、兄の胸にとび込んだ。

「どうして、ここがわかった？」

「これだよ」

カイが懐から深鉢のかけらを二つ取り出すと、アオネは息をのんで、カイを見つめた。

「トトが導いてくれたのか……」

そうつぶやいて、弟を抱きしめた。

二人（ふたり）の周りには、新たなときの始まりを告げる光が満ちていた。

――完

――この物語を亡き父母に捧ぐ――

あとがき

日本列島で最古の土器が出現した、今から約一万六〇〇〇年前が、縄文時代の始まりとされています。その頃、狩猟採集をしていた人々は定住しはじめました。土器で木の実のあく抜きや、魚介の煮炊きができるようになり、食べられる物の種類が増えたので、食糧を求めて移動する必要がなくなったのです。

やがて、集落（ムラ）の社会が形成されていきます。そして、木や草から繊維をとりだして紐や布をつくり、石から斧や刃物を、動物の骨や角を細工して縫い針や釣り針を作るなど、身近にある素材を活用して現代にもつながる道具を駆使していました。人々は自然の脅威にさらされながらも、森や海や川の恵みの恩恵にあずかって、自然の秩序の中の一員として暮らしていたのです。

縄文時代は、弥生時代に区分される水稲耕作が始まる二九〇〇年前ごろまでの、およそ一万三〇〇〇年間続きます。作品の舞台は、その長い縄文時代の中の、集落の数が増えて、盛んに土器が作られていた、今から五〇〇〇年ほど前の日本列島です。

縄文土器の形や文様は時代や地域によって違いがあり、研究者は土器を出土した層で分類して、形や文様の移り変わりを研究しています。

土器に食物かすや煤が付着していることから、実際に煮炊きに使われたことがわかっていますが、これらの土器には、煮炊きの邪魔になるような装飾や文様がついているものが多くあります。しかし、邪魔な飾りと思うのは、現代の私たちの感覚であり、彼らには彼らなりの大切な意味があったに違いありません。

彼らはそれぞれの地域に根差した土器を作り、目に見えない何物かを土器の文様や土偶に表わして、集団で共有したのでしょうか。あるいは、なにかしらの祈りが込められていたかもしれません。他地域との人の交流が、その文様の変化に反映されることもあったでしょう。誰が何を思って作ったのか、考えれば考えるほど想像が膨らみ、いつの間にか、私の中に物語の種が芽生えました。

児童文学者、日野多香子先生の児童文学講座で、「縄文の子」の元になる小編を合評にかけたのは、十年ほど前のことです。その後、時代背景を掘り下げて、長編にまとめたものの、書籍化には至りませんでした。けれど、登場人物たちが心から去らず、いつかきっと本にしようと思い続けて、昨年秋に、実行に移すことを決めました。

表紙絵と挿絵を絵作家として活動している姪の谷苑子に依頼して、ハレル舎の皆さんと出会いました。作品世界を理解してくれるチームと共に、読者に手にとってもらえる作品をめざしてここまできました。

この物語の終盤で、苦難の末に兄の居所を突き止めたカイが「山の噴火さえなければ、兄ちゃんにとっくに会えていただろうに」と悔しがりながらも、身に降りかかった困難を乗り越えてきた様々な経験を思い起こします。そして、再会の直前になって、「なにもかも、これでよかったのだ」と思い至りますが、この独白は、今の私の心境そのものです。

これまでに構成を変えたり、エピソードを削ったりして原稿に手を入れてきましたが、冬至の日のラストシーンだけは、終始揺らぐことはありませんでした。

縄文人が冬至や夏至の太陽に、生命の蘇りを重ねていたことを示す遺跡があります。

アイルランドでも、この物語の背景と同じ五〇〇〇年ほど前に、冬至の日の朝日が石室の中央に入り込むように設計されたニューグレンジ墳墓が築かれています。そこで人々は命の再生を願ったとされ、光の通り道となる通路や入り口の石に、縄文土器を思い起こさせる渦巻き模様が彫られています。遠く離れた別々の民族が、同じような発想で、それぞれに仲間と劇的な瞬間を共有し、団結を深めていたのでしょう。

　読者には、朝日を望む丘に立って、長い夜の明ける瞬間を想像することで、私たちの中にある普遍的な感性に気づいてほしかったのです。

　物語の中で、兄はふるさとを求め、弟は兄を探して野山を歩き回ります。彼らがその途中で巡り会う人々のほとんどは、彼らの目的に共感して手をさしのべてくれます。けれど、自然の脅威は容赦なく彼らに襲いかかり、行く手を阻みます。私たちは最近の疫病や巨大地震や台風による自然災害で、自然の力の前に、人間がいかに無力な存在かを実感しています。物語を通して、読者にはそれが太古からの人の宿命で、そのたびに乗り越えてきたと感じてもらえるでしょう。

　カバー絵の表と裏は、同じ空の下、互いを想いながら空を見上げる兄と弟です。二人を隔てる遥かな海を描いたこの絵は、物語全体を表現してくれています。さらに、本を開けば、兄の視線の先の煙は、土器を焼く火から立ち上っているとわかります。

　カバーをとった表紙に現れる手のひらサイズの土器は、今年五月に姪と一緒に取材旅行で出かけた、長野県の尖石縄文考古館で見た、小さな土器を参考にして描いてもらいました。少年時代のアオネが父からもらった土くれで作った土器のイメージです。本そのものを土器に見立てて、土器にまつわる物語を読み進んでもらう趣向です。

目次のページの挿絵は、アオネとカイがたどった遥かな道のりです。右から左へ進む目次に時間軸を合わせてエピソードを盛り込み、南を上にした鳥瞰図に仕上げてくれました。この地図は今よりも海が陸へ入り込んで日本列島が狭くなっています。当時は今よりも二、三度気温が高く、海水面が最大で四メートルほど高かったとされています。（この現象は縄文海進と呼ばれ、およそ六〇〇〇年前がピークでした）そのことを踏まえて、読後、目次の絵を眺めてみてください。「『縄文の子』双六」さながらに、かれらの道のりをたどることができるでしょう。

居場所がないと感じている人、ものごとが思い通りにならないと苦しんでいる人、他人をうらやんでいじけている人、大人は分かってくれないと嘆いている人が、この物語を読みながら遠い先祖に思いをはせて、いくらかでも光を見いだしてくれることを心から願っています。

日野多香子先生の懇切なご指導と、席を並べた同人の皆様の励ましによって、今日、ようやく上梓できる感慨はひとしおです。永く見守ってくださって、ほんとうにありがとうございました。

遠藤みえ子様からは原稿へのご助言を賜りました。また、二〇一八年には、神奈川県立歴史博物館の千葉毅様と、三内丸山遺跡センターの岡田康博様から、時代背景の貴重なお話を伺いました。心から御礼（おれい）申し上げます。

なお、文中の「カラス石」は「黒曜石（こくようせき）」をさす私（わたし）の造語（ぞうご）です。

たくさんの時間をかけて、物語の世界を絵で表現してくれた苑（その）ちゃん、出版にあたり、ハレル舎の皆様（みなさま）には大変お世話になりました。ありがとうございました。

そして、温かく見守ってくれた家族に感謝します。

令和六年十月　　関口　みどり

【著者】

関口　みどり（せきぐち みどり）

東京都生まれ、神奈川県在住。

東京女子大学文理学部史学科卒業。

2007年から青木筆子先生のエッセイ教室を経て、
2009年から日野多香子先生に師事し、児童文学の創作を学ぶ。

銀の鈴社『ものがたりの小径』に、やまのべちぐさの筆名で短編『キノコ会議』『ガビチョウくん』『王さまの庭』『巨岩』『ココマの海』を発表。

長編は本作が初となる。


【装画・挿絵】

谷　苑子（たに そのこ）

1984年東京生まれ。

自由の森学園卒業。

テーマパークのアートメンテナンス、美術専門学校教職員などを経て現在フリーランス。

イラストレーション制作、作品の展示発表のほか、HIfiveGallery（埼玉県飯能市）にて展示企画やワークショップを運営。

一般社団法人ArtistOrientedTokyo理事。

著書『和暦二十四節気ぬりえ』（トランスワールドジャパン）『大人の教養ぬり絵&なぞり描き 枕草子』（MdNコーポレーション）

縄文の子

発行日　2024年11月20日　第1刷発行
　　　　2025年　7月24日　第2刷発行

著者　関口 みどり
装画・挿絵　谷 苑子

発行　株式会社ハレル舎
〒186-0002
東京都国立市東1-9-14
TEL：042-505-8408
FAX：042-505-8433
https://hareru-sha.com
info@hareru-sha.com
印刷・製本　日本ハイコム株式会社
編集担当　平田 美保
DTP　なべしま おさむ
発行者　春山 はるな

ISBN978-4-911386-01-9　C8093